泣く男

古典に見る「男泣き」の系譜

寺田英視

文藝春秋

泣く男　古典に見る「男泣き」の系譜

目次

装丁　城井文平

泣く男

古典に見る「男泣き」の系譜

はしがき

転んで泣く小さな男の子をみて、「泣くな、男だろ」と小声で呟く。それが自分の子なら、大きな声でそういったことが何度あるだろう。そして立ち上り駆け寄ってきた子を、「よしよし、偉いぞ」と頭を撫でてやる……。強くあれ、雄々しくあれかしと、我が子に願うことの尊さは、すべての親が経験することである、それが世の中を生き抜くための第一の力であろうから。

大正二年に発表された文部省唱歌に、「鯉のぼり」と題する歌がある。「こどもの日」則ち端午の節句に、よく歌われた歌である。「甍《いらか》の波と雲の波」で一番は始まるが、二番、三番を引いてみたい。

開ける広き其の口に
舟をも呑まん様見えて
ゆたかに振ふ尾鰭《おびれ》には
物に動ぜぬ姿あり

百瀬《ももせ》の滝を登りなば
忽《たちま》ち龍になりぬべき
わが身に似よや男子《をのこご》と
空に躍るや鯉のぼり

この歌詞の意図は、男の子はこうあって欲しいという、なべての親の願いであったろう。ここに表現されているのは、向ってくるなら舟でも呑むぞという気概であり、何が起ろうとも動ぜぬ泰然自若とした雄姿であり、登龍門を通過して龍になり、大いなる仕事をせよ、と励ます鯉のぼりの姿である。これを時代の風潮というべきではないだろう。子を思う親の心は古今を問わず、東西を限らず不変であるからだ。

啼、泣、号、呱、喨、噭、欸、慟、啾、喞、これらはすべて「なく」ことを表わした字である。悲しくて泣く、大声を出して泣く、子供が泣く、遠くまで聞こえるほど泣く、声が出ず涙を流して泣く、さらにいえば、涕泣《ていきゅう》、慟哭《どうこく》、嗚咽《おえつ》、泣血《きゅうけつ》、哀慟《あいどう》、歔欷《きょき》、さめざめと泣く、めそめそと泣く……。

『三国志』中、蜀の名軍師として名高い諸葛孔明は、出陣を前に君主に奉る「出師《すいし》の表」の末尾に、こう書いた。「……深く先帝の遺詔を追ひ、臣恩を受くるの感激に勝《た》へず、今当《まさ》に遠く離るるに当り、表に臨みて涕泣、云ふ所を知らず」と。

吉川幸次郎氏が「失敗の英雄」と評した楚王項羽は、垓下《がいか》の地に敗兵を率いていた時、辺りから故郷の歌が聞えてきた。四面楚歌である。「項王乃《すなは》ち大いに驚きて曰く、漢、皆已《すで》に楚を得たるか。是れ何ぞ楚人の多きや、と。項王則《すなは》ち夜起ちて帳中に飲す。美人あり、名は虞《ぐ》、常に幸せられて従ふ。駿馬あり、名は騅《すい》、常に之に騎す。是に於て、項王乃ち悲歌慷慨《こうがい》し、自ら詩を為《つく》りて曰く、『力は山を抜き　氣は世を蓋ふ　時利あらず騅逝かず　騅の逝ざる奈何《いかん》すべき　虞や虞や若《なんじ》を奈何せん』と。歌ふこと数闋《すうけつ》、美人之に和す。項王、涙数行下る。左右皆泣き、能く仰ぎ視るもの莫《な》し」（『史記』項羽本紀第七）

泣く姿はこのように多様である。

さて、名軍師も猛将もこのように泣く。それなのに男の子は泣いてはいけないのか。これは難問である。史上に泣く男の記述は山ほどある。子供に願うことと、英雄豪傑が流す涙に、どんな違いがあるのだろうか。

古典に見える泣く男の姿百態を辿りつつ、「男泣き」の実相に迫ることができればというのが、本書執筆の動機である。材は主として、記紀、万葉、古今の歌集や、伊勢、平家、太平記など文学史書の類から採った。しかし、英傑が泣く場面だけを取り出して論ずることはできかねるので、それぞれの生涯を概観しつつ論を構成した。年齢は数え年を用いる。引用文については可能な限り原文を尊重したが、読み易さを考慮して、カタカナをひらがなに改めたり、送り仮名を加えた部分があることをお断りしておく。

第一章　須佐之男命——泣きいさちる神

『日本略史 素戔嗚尊』（月岡芳年・筆）

『古事記』によれば、伊邪那岐命《いざなきのみこと》が黄泉《よみ》の国から帰り、禊《みそぎ》した時に三貴神が生れた。左の眼を洗った時に天照大御神が、右の眼を洗った時に月読命が、そして鼻を洗った時に須佐之男命が生れたのである。伊邪那岐命は大いに喜んで、天照大御神に「汝命《いましみこと》は、高天の原を知らせ」、月読命には「汝命は、夜の食国《をすくに》を知らせ」、須佐之男命には「汝命は、海原を知らせ」と事依さした。「事依《ことよ》さす」とは、委任するという意味である。ところが須佐之男命はその事依さしを肯《がえん》じなかった。

本居宣長は、これに続く部分を、『古事記伝』で以下の如く読んでいる。

「命《よ》させたまへる国を治《し》らさずて、八拳須心前《やつかひげむなさき》に至るまで、啼き伊佐知伎《いさちき》。泣きたまふ状《さま》は、青山を枯山《からやま》なす泣き枯らし、河海《うみかは》は悉《ことごと》に泣き乾《ほ》しき」（宣長は、河海を「うみかは」と訓めと註している。）

この「泣きいさちる」とは、いかなる状態をいうのだろうか。宣長はこれに註して、「日本書紀に、哭泣恚恨《なきいさちふづく》、神功の巻に血泣《いさち》、欽明の巻に大息涕泣《なげきいさつ》などもあり」とし、また「谷川氏は、足《あし》摩《ずり》して泣くと言はむがごとし。小児の忿《いか》り泣く時、この状ありと云り、さも有んか。……又小児の足をすりて行くを伊佐留《いさる》と云ふも、この伊佐と本同じ言にや」といっている。

この解に従えば、あたかも幼児が足摺りして泣き騒ぐ姿のようである。さらに、「青山を枯山なす泣き枯らし、河海は悉に泣き乾しき」とある。現代人の感覚に従えば、大量の涙が洪水を起す、という方がふさわしい表現に思えるが、宣長は、「抑《そもそも》此神の啼給ふに因て、山海河の枯《か》乾《る》るは、如何なる理《ことわり》にかあらむ、【泣けば、涙の出る故に、その涙のかたへ吸取られて、山海河の潤沢《うるほひ》は、涸るにやあらむ、さて、潤沢の涸るれば、万の物は枯傷《かれそこな》はるゝなり】」と説いている。

須佐之男命の泣くさまは、豪快でもあり、破天荒でもあり、幼児のようでもあり、傍若無人でもある、正に荒ぶる神の泣くさまであった。父の言葉に従わなかった須佐之男命は、追放される。その際、姉である天照大御神に挨拶するためと称して、須佐之男命は高天の原へ上ってゆくが、天照大御神は国を奪いに来るかと疑い、武装して待つ。この部分は後の軍記物を思わせる記述振りで、音読してみると実にリズミカルで心地よい。

ここに天照大御神聞き驚きて詔《の》りたまひしく、「我《あ》が那勢《なせ》の命の上り来る由は、必ず善き心ならじ。我が国を奪はむと欲《おも》ふにこそあれ」とのりたまひて、即ち御髪を解きて、御美《みみ》豆《づ》羅《ら》に纏《ま》きて、乃ち左右の御美豆羅にも、亦美鬘《みかづら》にも、亦左右の御手にも、各《おのおの》八尺《やさか》の勾璁《まがたま》の五百津《いほつ》の美須麻流《みすまる》の珠を纏き持ちて、曾毘良《そびら》には千入《ちのり》の靫《ゆぎ》を負ひ、比良には五百入《いほのり》の靫を付け、亦伊都《いつ》の竹鞆《たかとも》を取り佩《おば》して、弓腹《ゆはら》振り立てて、堅庭《かたには》は向股《むかもも》に踏み那豆美《なづみ》、淡雪如《な》す蹶散《くゑはらら》かして、伊都の男建《おたけび》踏み建《たけ》びて待ち問ひたまひしく、「何故《なにしかも》上り来つる」と、とひたまひき。

須佐之男命は、「自分に邪心はない。伊邪那岐命に哭きいさちることを訊かれたので、自分は妣《はは》の国に行こうとして哭くだけだ」と答え、伊邪那岐命から、汝はこの国にいるべからずといわれたので、事情を説明しようと参上したといった。姉神は、「それなら汝の清き明き心はどうすれば知ることができるのか」と問うた。弟神は、「おのおの宇気比《うけひ》をして子を産み、邪心のないことを証ししよう」といった。

「宇気比」とは、簡単にいうと神意を問うための籤占いだが、予め甲が出れば勝ち、乙が出れば負けと決めておくのである。『古事記』にはこの前提条件設定の記述がないが、『日本書紀』にはこうある。

時に天照大神、復《また》問ひて曰《のたま》はく、若し然らば将に何を以てか爾が赤き心を明さむとする。対へて曰はく、請ふ姉《あねのみこと》と共に誓《うけ》はむ。夫れ誓約《うけひ》の中に、必ず当に子を生むべし。如《も》し吾が生めらむ是れ女《たをやめ》ならば、則ち濁《きたな》き心有りと以為《おぼ》せ。若し是れ男《ますらを》ならば、則ち清き心ありと以為せと。

かくて天照大御神は、須佐之男命の十握剣《とつかのつるぎ》を乞い取って三段に打ち折り、「奴那登母母由良爾《ぬなとももゆらに》、天の真名井に振り滌《すす》ぎて、佐賀美邇迦美《さがみにかみ》て、吹き棄《う》つる気吹《いぶき》の狭霧《さぎり》に成りませる神の御名は、多《た》紀理毘売命《きりびめのみこと》……」以下、二柱の女神が生れた。

須佐之男命は、姉神の左の髻《みづら》を乞い取りて、同様にすると、正勝吾勝勝速日天之忍穂耳命《まさかつあかつかちはやひあめのおしほみみのみこと》、さらに右の髻、鬘《かづら》、左右の手の珠から併せて五柱の男神が生れたのである。因みにいうと、天之忍穂耳命は、後に天孫降臨する邇邇藝命《ににぎのみこと》の父神である。

天照大御神は、須佐之男命に対して、「後に生れた五柱の男子は、自分の物から成ったので、我が子である。先に生れた三柱の女子は、汝の持ち物から成ったので、汝の子だ」と告げた。須佐之男命は、姉神に向って、「我が心清く明し。故《かれ》、我が生める子は手弱女《たわやめ》を得つ。これに因りて言《まお》さば、自ら我勝ちぬ」といい放ち、「勝佐備《かちさび》に天照大御神の営田《みつくだ》の阿《あ》を離《はな》ち、その溝を埋め、亦その大嘗《おほにへ》を聞看《きこしめ》す殿に屎麻理《くそまり》散らしき」。

須佐之男命の勝利宣言は前提条件に違背するが、女子を得たのは自分の心が清明だからだ、だから勝ったのは自分だといいつのり、勝ちさびに（勝にまかせて）暴れたというのである。

しかし、姉神はこの狼藉《ろうぜき》を咎めず、「畔《あぜ》を放つのも、溝を埋めるのも、土地が惜しいからだし、脱糞に見えるのはそうではなく、酒に酔って吐き散らしたものだ」と、悪事を善事に「詔直《のりなほ》」したが、弟神の悪行は収まらなかった。

そして天照大御神が、神に献《たてまつ》る神聖な衣服を忌み清めた機織殿で織り始めた時、その織殿の棟に穴をあけ、天の斑馬《ふちごま》を逆剝ぎに剝いで、投げ入れた。「……天の衣織女《みそおりめ》見驚きて、梭《ひ》に陰上《ほと》を衝きて死《みう》き《せ》」。ここに至って天照大御神は天の石屋戸《いはやと》を開いて鎖《さ》し籠ったのである。

ここまで見てきた須佐之男命の所業、則ち「畔放《あはなち》、溝埋《みぞうめ》、屎戸《くそへ》、逆剝《さかはぎ》」は、いずれも天津罪《あまつつみ》として「延喜式」に挙げられているから、これらは国家にとって重大な罪という認識であった。

この須佐之男命の泣き方、暴れ方を如何に判断するか。荒ぶる神の所業といってしまえば一言で済むようだが、そう言い切るのも何かためらわれる。

「泣く男」の一様態として見れば、自分の望みが叶わないので「泣きいさちる」姿である。このデモーニッシュというしかない荒ぶりようは、神話の中の神の所業と、我が先祖たちは考えていた、つまり人為とは捉えられない何かであったのだろう。『延喜式』や『古語拾遺』の「天津罪」とは、高天の原で神々が犯す罪の事と理解されていたことからも、そう判断するのが適当ではないか。

話は飛ぶが、明治維新前夜、越前福井藩に橋本左内という傑物がいた。その著『啓発録』は、左内が十五歳の時、自身の学を志す覚悟として、また後に続く少年たちに志学の心得として書いたものである。その冒頭に、「稚心を去れ」とある。「稚心とは、をさな心と云ふ事にて、俗にいふわらびしきことなり」と書き出されるこの項を概略してみよう。

――稚心とは子供じみた心をいうのであって、果物や野菜の未だ熟していない物をも稚という通り、何事によらず水くさい所があったり、旨味が足りないことをいうのである。稚という所から離れぬ限り、完成する事はできない。特に人について考えてみれば、竹馬、凧などの遊び、虫取りを好み、甘味を貪り、怠けることや楽なことばかりに目が行き、厳格な父兄には近づかず、母の膝下に甘え隠れる事ばかりするのは、みな幼童の水くさい心から生じるものである――と。

須佐之男命の行為を母恋いの故と見るなら、その行為は十分腑に落ちるのである。母恋いというおさな心のままに行動した須佐之男命は、天照大御神に見放された。橋本左内は、藩医の子に生れ、父の歿後家督を相続し、藩医の列に加えられた。後にその英才ぶりを評価され、医職を免じ、書院番、藩校幹事、侍読、内用掛を歴任する。この間、他藩の重職らと交際を重ね、国事に奔走するが、それを嫌った徳川幕府により、斬刑に処せられた。世にいう安政の大獄である。享年二十六であった。

ただ、須佐之男命の行為は、左内がいう「稚心」によると一応いい得るとして、左内が稚心を去れといったのは、戦闘者《ふさ》としてではなく官僚となった近世武士の修養の一環であって、神の御業を批評するには相応わぬものがあることも事実である。

一方、雑誌「文藝文化」の同人で、『古事記学抄』や『現代語訳古事記』などの著書がある国文学者蓮田善明氏に須佐之男命の泣きいさちる姿を論じた「哭泣の倫理」と題する考察がある（「文藝文化」の記事には執筆者名がなく、後記によって判断すれば、蓮田と同じく同人の池田勉が筆者となる。しかし、蓮田研究の第一人者である小高根二郎氏が編集した『蓮田善明全集』に収録されていることから、本書では蓮田の作品として論じる）。その論旨は、命の「神やらひ」の運命の中に哭泣しなければならなかった訣がある、というのである。それを要約すると、命の罪過として語られている天津罪というのは「農耕に関する一国の、また民族の罪過もしくは災過ともいふべきものだつた。……命が成年に至つて哭泣してゐたわけは、それは記紀に伝へるやうな根国への適帰の願ひではなくて、国民の災過をすべてわが身の罪過として負担する決意の表情ではなかつたかと考へるのである。そのやうな意味で命の哭泣は、むしろ、天下の政治、国土の創造と経営とを命ぜられたものの決意であつただらうし、また決意の表情であつたのではないかと考へるのである。このやうな決意こそ真に政治の倫理とも称すべきものであらう」と。

蓮田氏は命の哭泣によって青山が枯れたのではなく、国土の荒廃や国民の夭折を自分の罪として感ずるがゆえに、命は哭泣していたのではないかと論ずるのである。

しかし、今は「紅葉の錦かみのまにまに」、神の御業は神のみぞ知るとして、本稿の冒頭に据えておきたい。

第二章　倭建命——神と人とのはざまに

女装して熊襲建を討つ倭建命（月岡芳年・筆）

倭建命《やまとたけるのみこと》は第十二代景行天皇の第三皇子である。

『日本書紀』によれば、初め名を小碓尊《をうすのみこと》といった。「是の小碓尊は、亦の名は日本童男《やまとをぐな》、亦、日《やま》本武尊《とたけるのみこと》と曰ふ。幼くして雄略之気あり。壮《をとこざかり》に及びて、容貌魁偉《みかほすぐれたたはし》、身《み》長《たけ》一丈《ひとつゑ》、力能く鼎《かなえ》を扛《あ》げたまふ」

「身長一丈、力能く鼎を扛ぐ」には、『史記』に同様の記述がある。項羽の為人《ひととなり》を評する箇所で、「籍、長《たけ》八尺余、力能く鼎を扛げ、才気人に過ぐ。呉中の子弟と雖も、皆籍を憚《はばか》れり」。

このような記述は、英雄豪傑を評する時の常套句だが、さりとてそれを二番煎じの評語として、後の英傑に対する讃仰の価値を下げるというものでもないだろう。この常人にあらざる威風が、命に悲劇をもたらすことになる。その生涯を一言でいえば、旅に生き旅に死んだという他ない、苦難の人生であった。

国文学者の高木市之助氏は、「日本文学に於て広義の浪漫精神が最も古く且つ力強く顕現されてゐる一つの実例を吾々は古事記の倭建命の御姿に求める事が出来よう。／一体、吾々は古事記に於て、文学的表現を有つた多くの英雄に遭逢するのであるが、彼等の中に我が倭建命ほどの浪漫精神を有つ人物を求める事は困難である。」（「倭建命と浪漫精神」）と書いている。

この議論は、後に史学界で「英雄時代」論争を呼び起こすことになるが、本稿の主題ではないので今は措く。ただこの「浪曼精神」は、常に悲劇に彩られるのが必定だとすれば、倭建命の生涯が如何なる色を帯びるかも自ら決定していることになるのである。

ある時、父君景行天皇が、「小碓命に詔りたまひしく、『何とかも汝の兄《いろせ》は、朝夕の大御食《おほみけ》に参出来《まいでこ》ざる。専ら汝泥疑《ねぎ》教へ覚《さと》せ』とのりたまひき」。

この「ねぎおしへさとせ」という言葉は、「御苦労ながら、必ず参上しなければならない事を説得せよ」という趣旨だと、宣長は『古事記伝』で註している。

それから五日後、まだ大碓命が参上しないので、天皇は小碓命に、汝の兄は久しく大御食に出て参らぬが、まだ説得していないのかと問われた。倭建命の答は「既にねぎつ」だった。

「又『如何にかねぎつる』と詔りたまへば、答へて白しけらく、『朝署《あさけ》に厠に入りし時、待ち捕へて搤批《つかみひしぎ》てその枝を引き闕《か》き、薦《こも》に裹《つつ》みて投棄《なげうて》つ』とぞまをしたまひける」

ここにいう「枝」とは、手足の事である。命は兄の体を摑みつぶし、手足を引きちぎって筵に包んで投げ捨てたのだ。これ以前に、天皇は大碓命に、美濃の国から「容姿麗美」の姉妹を連れてくるよう命じたが、大碓命はこれに密通して復命しなかった。この事実を小碓命が知っていたかは定かでないが、「枝を引き闕く」という苛烈さは、神の仕業か人の仕業か、俄《にわか》に決し難いものが潜んでいる。

天皇は、命の「建《たけ》く荒き情《こころ》を惶《かしこ》まれ」て、西方に皇威に伏さぬ熊曾建の一統がいる、これを取れと命じられた。この「惶む」という字義について、『古事記伝』はこう記す。

「惶むとは、つら〲思ふに、たゞ建しとのみはあらで、荒しと云ひ、又所為行《しわざ》ひなどはあらで、情《こころ》と云へるなど、此の度の御所為に因りて、その御心の荒きほどを、所知看《しろしめ》して今以後《いまよりゆくさき》も、なほ如何なる荒き行《わざ》をか為《し》賜はむと、恐れ惶み賜ふなり」

だから熊曾征伐に遣わすのは、一つは都におられることを畏こみ賜いて、居所を遠ざけられるとの大御心であろうし、さて西方の使命を終えて復命された後に、重ねて東方の征旅に遣わせられるのも、この故であろう、と宣長は続けている。

かくて命は熊曾征伐に遣わされた、時に十六歳。「姨倭比賣命《をばやまとのひめみこ》の御衣御裳《みそみも》を給はり、剣を御《みふ》懐《ところ》に納れて幸行《い》でましき」

熊曾建の家は兵士たちが三重に取り巻いて警備していた。それは新築の家で、落成の祝宴を張るところであった。命が童女の姿で宴席に出て行くと、熊曾建の兄弟はその姿に感じ、傍らに呼び寄せた。宴酣《たけなわ》となるに及んで、命は熊曾建の襟首をつかみ、懐より取り出した剣を抜いて胸を刺し貫いた。それを見ていた弟建は恐れ戦《おのの》いて逃げ出したが、階段の下まで追いかけて背中を捉え、剣を尻より刺し通した。その時、弟建のいうことには、「その刀をな動かしたまひそ。僕《われ》まをすことあり。汝命《いまし》は誰ぞ」と。

「吾は纏向《まきむく》の日代宮《ひしろのみや》に坐しまして、大八島国知らしめす大帯日子淤斯呂和気天皇《おほたらしひこおしろわけのすめらみこと》の御子、名は倭男具那王《やまとをぐなのみこ》にます。意禮《おれ》熊曾建二人、伏《まつろ》はず禮《ゐや》無しと聞看《きこしめ》して、意禮を取殺《と》れと詔りたまひて遣はせり」（意禮とは、相手に対する卑称である。）

「信《まこと》に然《しか》ならむ。西の方に吾二人を除《お》きて、建く強き人無し。然るに大倭国に、吾二人に益《まさ》りて建き男坐しけり。是を以て吾御名を献らむ。今より後は、倭建御子と称へまをすべし」

このような問答があった後、「即ち熟苽《ほぞち》の如振り折《さ》きて殺したまひき。故《かれ》その時より御名を称へて倭建命とはまをしける」。

熟苽とは何か。「日本古典文学大系」の『古事記　祝詞』では、ごく簡単に「熟れた瓜」と註している。『古事記伝』は、諸本の用字と用例を考証しているが、「熟苽」そのものについての考証はない。

一方、前衛短歌の旗手として名高かった塚本邦雄氏は、和歌の歴史についての造詣が深いのは当然として、キリスト教信者ではないのに文語訳聖書の愛読者であり、植物、香料からシャンソンに至るまで、多くの著書を残している中に、「茘枝考《れいし》」と題する短文がある。これは『保田與重郎全集』第七巻の月報に寄せたものだが、その論はこうである。

「……この臍落瓜《ほぞおちうり》の瓜が、今日の言ふ真桑瓜のたぐひであることは、諸書にもつとに記されてゐる。熟れ極まつた真桑瓜を両断するやうに、と言つたところで、いま一つ鮮明な幻像は喚起し得ない。さればこそ、與重郎は『茘枝』をひつさげて、この章句を創り上げた。私には、あの『蔓《つる》茘枝』の華麗無残な完熟状態がなまなましく瞼の裏に描き得る。著者の意図をひたとうけとめることができるつもりである。だが、読者のすべてに可能だらうか」

この「與重郎は『茘枝』をひつさげて」云々は、保田氏の『戴冠詩人の御一人者』中の記述にある、「敗れたる強敵には熟れた茘枝をさくやうな残忍な死を与へよ」という一文の事である。

塚本氏は、保田の頭にあったのは、「まづ、絶対に、福建省辺原産の無患子《むくろじ》科の茘枝の実ではあり得まい。あのゴルフ・ボール大、革質果皮、マスカット風半透明淡緑の果肉の茘子であるはずがない。／彼の意中には、普通茘枝と呼ばれてゐる、葫蘆《ころ》科植物『蔓茘枝』の、橙黄の、無数の疣状《ゆうじよう》突起のある果皮、裂けて血紅色の種子の覗いてゐる状態があつたに違ひないのだ。少くとも、彼が生れ育つた大和桜井を含む関西では、茘枝と言へば、戦前、それしか思ひ浮べない」とする。

これは今我々がゴーヤーといっている、苦瓜のことである。塚本氏は続けて、九州の友人に聞けば、食物としての野菜としか考えていないだろう、「橙黄色に熟して炸裂し、紅玉《ルビー》状の甘い種子が在中すること」をよく知っているのは、関西人の方だと書いている。保田氏は明治四十三年（1910）大和桜井生れ、塚本氏は大正九年（1920）近江五個荘生れ、いずれも塚本氏がいう関西根生《ねお》いの二人である。塚本氏が考証に執心する姿勢は、このような実感に基づいているといってよかろう。

ここで弟建殺害の場面に立ち返ってみると、塚本氏の説にある、ルビーのような紅の種子が露出した熟瓜を振り裂く如く殺す、という記述は、比喩というには余りに生々しい実感が溢れているといえはしまいか。蔓茘枝の赤い種子と、人間の肉体から流れ出た血の幻像が重なって、禍々しくもあり、壮烈でもあり、原始の生命力が爆発したような、神話的光景が現前するのである。

大正十四年に生れ、昭和と共に歳を重ね、昭和四十五年（1970）、四十六歳で自刃した三島由紀夫氏に、『日本文学小史』と題する著作がある。その題が示すままの短い作品であるばかりではなく、自刃によって中絶した未完の文学史となったものである。しかし、その構想は明かにされていて、三島氏が日本文学に何を求めるかを、よく示している著作である。

三島氏は、自刃の際に、旧知の徳岡孝夫氏（毎日新聞記者で、当時サンデー毎日編集部にいた）に宛てた手紙に、「……しかし事件はどのみち、小事件にすぎません」と書いている。自衛隊で東部方面総監を拘束し、紆余曲折の果てに総監室で自刃した行為を、自ら小事件と呼んだのである。「小史」と「小事件」に因果関係があると強弁するつもりはないが、小さいものの中に大きな意味が隠されているというのも、亦一面の真実であろう。「出雲風土記」に「八雲立つ出雲の国は狭布《さぬ》（狭野）の稚国《わかくに》なるかも。初国小さく作らせり」とあるのは、国が小さく生れ、さあ、これからいよいよ大きくなろうという、いわば予祝ではないのだろうか。三島の文学観と歴史観が『日本文学小史』の根柢にあることも含めて、この「小」の字を軽くは見ることができない。

その『文学小史』構想の中で、三島氏は、「神人分離の文化意志としての『古事記』」を第一章とした。第二は「国民的民族詩の文化意志としての『万葉集』」を挙げ、『源氏物語』を「文化意志そのものの最高度の純粋形態」とし、和漢朗詠集、古今集、新古今集、神皇正統記、謡曲、五山文学、近松・西鶴・芭蕉、葉隠、馬琴などを論じようとしていたのが、一本にまとめられたのは、「第一章　方法論」から始まって、「古事記」「万葉集」「懐風藻《かいふうそう》」「古今和歌集」で杜絶《とぜつ》したのである。三島は、「第一章　方法論」で、こう書いている。

「文化とは、文化内成員の、ものの考へ方、感じ方、生き方、審美観のすべてを、無意識裡にすら支配し、しかも空気や水のやうにその文化共同体の必需品になり、ふだんは空気や水の有難味を意識せずにぞんざいに用ひてゐるものが、それなしには死なねばならぬといふ危機の発見に及んで、強く成員の行動を規制し、その行動を様式化するところのものである。／私の選ぶ文学作品は、このやうな文化が二次的に生んだ作品であるよりも、一時代の文化を形成する端緒となつた作品群であらう。それこそは私が『文化意志』と名付けるところのものであ」る、と。

この構想に従って、「神人分離の文化意志」を代表させるのに『古事記』を選んだ三島氏は、その『古事記』を代表する人物として倭建命に焦点を当てた。それは、「神人分離の象徴的な意味を探りたい」からであるとする。

確かに、兄である大碓命や熊曾兄弟を殺す箇所に描かれた倭建命の姿は、人ではない、神であろう。だからこそ、天皇は「今、朕《あれ》、汝の為人を察《み》るに、身体長大、容姿端正、力能く鼎を扛ぐ。猛きこと雷電の如く、向ふ所に前無《かたき》く、攻むる所必ず勝つ。即ち知る、形は則ち我が子にて、実は則ち神人《むざね》《かみ》なるを」と評されたのである。三島氏もこういう倭建命に神をみて、却って景行天皇に人を見たのである。

「『古事記』の景行天皇の一章は、本来の神的天皇なる倭建命と、その父にして人間的天皇なる景行天皇との、あたかも一体不二なる関係と、同時にそこに生ずる憎悪愛《アムビヴアレンツ》が、象徴的に語られてゐるやうにも思はれる。命の悲劇は、自己の裡の神的なるものによつて惹き起されるのである」

このように三島氏は、倭建命の悲劇を、神性が齎《もたら》す避け得ない運命とみている。

一旦都に帰った後、命は出雲建征伐のために出雲の国に赴く。そこで出雲建と「結友」する。

これを宣長は「うるはしみしたまひき」と訓んでいるが、友情を結んで警戒心を解いた上で、ひそかに赤樫の木刀を作っておいた。ある時、肥の河でともに沐浴し、先に上った命が互いの太刀を交換しようと提案した上で、太刀撃ちに及ぶのである。木刀を持たされた出雲建は斬り殺される。その時の命の歌。

> やつめさす出雲建が佩ける剣《たち》　黒葛《つづら》多纏《さはま》き真身《さみ》無しにあはれ

詐略による勝利である。身体の強剛も知を尽した詐略も、古代的英雄の具備する条件であった。しかし、この歌から勝利の雄叫びは感じられない。何か自然な、当然に勝ったという歌である。「やつめさす」とは出雲にかかる枕詞、「真身」を刀身の錆とする説もあるが（原文は「佐味那志」）、木刀である以上、鍛えた刀身がないとするのが順当で、「あはれ」も愚弄する意図ではなく、自然な感情の発露であるように思われる。

倭建命が征旅より都へ帰り、復奏したところ、天皇は改めて東征を命じられた。その際、「比比羅木の八尋矛」を下賜された。柊《ひいらぎ》の八《や》尋矛《ひろぼこ》とは、後の時代に節刀と呼ばれる、軍事権を委任された将軍に与えられるものの象徴であろう、古代遺跡からの出土品もある。

命はまず伊勢に赴き、神宮を拝した。そして姨倭比賣命にこう訴える。

> 天皇既《はやく》吾を死ねと思ほすらむ。何か《いかなれ》西方の悪《まつろはぬ》人等《ひとども》を撃《と》りに遣はして返り参上《まゐのぼ》り来し間、

未経幾時《いくだもあらねば》、軍衆《いくさびと》をも賜はずて、今更に東方十二道の悪人等を平《ことむけ》には遣はすらむ。これに因りて思惟《おも》へば、猶吾既死ねと思看《おもほしめ》すなりけりとまをして、患泣《うれひなき》て罷ります時に、倭比賣命草那藝剣《くさなぎのつるぎ》を賜ひ、また御嚢《みふくろ》を賜ひて、もし急事《とみのこと》有らば、この嚢口《ふくろのくち》を解きたまへとなも詔りたまひける。

勇猛と知略は神の如き倭建命が、姨にすがって泣くのである。涙による浄化とか、泣くことによって齎される心の平安とか、そんな一時凌ぎの賢《さか》しらは一切この文章からは読み取れないが、母なるものの力が再生を促すと読むなら、それも自由である。

さて、征西では神の如きであった命だが、東征では一転、人の人生のような蹉跌《さてつ》の連続となり、歌物語のように長歌、短歌、片歌等々が鏤《ちりば》められて行く。

相武《さがむ》の国では、国造に欺かれて野原に誘い込まれ、火を付けられる。その危機を乗り越えるために使われたのが、倭比賣命が、非常の時に使うべしと持たせた草那藝剣と嚢の中に入れられていた火打石だった。剣で周りの草を刈りはらい、火打石で向い火を付けて難を逃れたのである。この故事により、ここを焼津という地名起原説話になった。焼津は後の国名で言えば駿河の内だが、この頃は国名としての駿河はまだ存在せず、相武の国の一部だったと、宣長は『古事記伝』で註している。

命はここからさらに東へ向い、相模の国走水《はしりみず》で上総を目指して海を渡ろうとする。走水は今の横須賀市内で、命を祀る走水神社がある。急な階段を上ると、眼下の浦賀水道と、海の向うに房総半島を望む事ができる。

命は、海を前にして言挙げした。「これ小さき海のみ、立跳《たちわたり》にも渡りつべし」と。それを聞いた海峡の神は、渡海を阻まんと、大波を起して船を翻弄した。命はこの後も、言挙げによって度々遭難するのである。だがその時、命の妃である弟橘《おとたちばな》比賣は、「妾《あれ》、御子に易《かは》りて海の中に入りなむ。御子は遣はさえし政《まつりごと》を遂げて覆奏したまふべし」といい、菅畳八重、皮畳八重、絁《きぬ》畳八重を波の上に敷いて、その上に下りた。すると荒波は自ら凪いで、命の乗った船は進む事ができた。その時、弟橘比賣の歌われたのがこの歌である。

さねさし　相武の小野に　燃ゆる火の
火中《ほなか》に立ちて　問ひし君はも

必死の瞬間において詠われたこの絶唱は、数ある相聞歌の中でも、まず筆頭に挙げられる作であろう。焼津で謀《たばか》られて野中で火をかけられた時、その火中で自分の身も顧みず、私のことを気にかけて下さった皇子よ。——我が語釈の拙さは措いても、散文とは何とも味気ない、間の抜けたリズムにしかならないものだ、と実感させられる。

宣長は、最後の一句「問ひし君はも」について、二様の解釈があるとする。

「一つには吾が問ひし君なり、二つには吾を問ひし君なり。初めの意は、問は妻問《つまどひ》など云ふ問にて、夫婦《めを》の間の交《かたら》ひを云ひて、さばかりの艱難《たしなみ》の中まで、離れず相携《あいたずさは》りて交ひし君と云ふなり。……後の意は、彼の難の時に、王《みこ》のこの比賣の上を、心もとなく所念《おもほ》して、如何にと問給ひし事ありけむ、さばかり急《とみ》の事の中にても、忘れず問賜ひし御情《みこころ》を深くあはれと、思ひしめて、かく詠《うた》ひ給へるなり」

宣長は、右の二つの解釈について、後の方があわれ深く、穏当に思われるが、古意という観点から見ると、初めの解釈が少し勝っているようだと判断している。

保田與重郎氏は、先に記した『戴冠詩人の御一人者』で、「この歌は犠牲の歓喜の中で最も美しかつた古の時期の昂揚を歌ひあげてゐる。そしてさういふ場合といふ要素を超越して、独立して美事な相聞の歌である。云ふべき気持は何一つ露骨には語らず諷することさへできぬかそけさと、たゞ場所を歌ふ繊細で智的なみやび心は、この古い上代の女性によつてすでに巧みに描かれてゐる」と評した。至言であろう。

この絶唱を聞いて、倭建命は涙を流されたのであろうか。記紀いずれにもそのような記述はない。無いが、この歌を口遊《ずさ》み、「火中に立ちて問ひし君はも」と繰り返していると、自ら湧く感情は否定できないものがある。それを感傷的《サンチマンタル》というかどうか、決めるのは読者の特権である。

渡海に成功した命は、各地の勢力を平定して足柄の坂本に至り、弁当を食べている所に、坂の神が白い鹿となって現れた。命は食い残した蒜《ひる》の片端を以って打つと、目に当って鹿は死んだ。その坂の上で、命は三歎して、「『吾妻はや』と詔りたまひき」。それによってこの国を吾妻（東）というのである。宣長は、この三歎してを「ねもころになげかして」と訓んでいる。さらに、「さてここは、彼の海に入り坐しし弟橘比賣命を所念看《おもほしめ》して、かく詔りたまへるなり。凡て海にまれ坂にまれ、その国の境を離るゝ際《きは》には、別れの哀しさの、更返《さらがへ》りて堪へがたき物なればぞかし」と続く。

ここでも亡き妻を偲《しの》び、「ねもころになげかした」命は、甲斐の国の酒折宮《さかおりのみや》で、歌を詠まれた。

新治《にいばり》　筑波を過ぎて　幾夜か寝つる

傍らに控えいた御火焼《みひたき》の老人が、命の歌に続けてこう詠んだ。

かがなべて　夜には九夜《ここのよ》　日には十日を

この問答を命は誉めて、東の国造に任じたとある。

命はここから信濃を経て尾張に帰り、先に契りおいた美夜受比賣《みやずひめ》のもとに入った。その歓迎の宴で、美夜受比賣が盃を捧げてきた時、命はこう歌を詠んだ。

ひさかたの　天の香久山　利鎌《とかま》に　さ渡る鵠《くび》　弱細《ひはぼそ》　手弱腕《たわやがひな》を　枕《ま》かむとは　我はすれど　さ寝むとは　我は思へど　汝《な》が着《け》せる　襲《おすひ》の裾に　月立ちにけり

これに答えた美夜受比賣の歌。

高光る　日の御子　やすみしし　我が大君　あらたまの　年が来経《きふ》れば　あらたまの
月は来経往《きへゆ》く　諾《うべ》な諾な　君待ち難《がた》に　我が着《け》せる　襲の裾に　月立たなむよ

この問答は、拙い逐語訳をするまでもなく、意味は明かと思われるので、二度目の愚行は犯さぬが、何かユーモアが感じられはすまいか。これから後に出てくるいくつかの歌の、ある種切迫した調子とは違う、余裕があるように見える。「襲の裾に月立ちにけり」とは、上着の裾に経血が付いていているという意味だが、美夜受比賣の答がこれを受けて、「いやいや、余りの久しぶりに、あなたを待ち切れず、月が立ってしまったのですよ」と切り返すのは、馴染んだ夫婦の会話のようだ。機智と諧謔《かいぎやく》が微笑ましい。

このような経緯の末に、二人は結婚、命は草那藝剣を媛の許にとどめ置き、伊吹山の神を取りに赴いた。「この山の神は、徒手《むなで》に直《ただ》に取りてむ」と高言した命は、山で牛のような大きさの、白い猪に出会った。「この白猪に化《な》れるものは、その神の使者にこそあらめ。今殺《と》らずとも、還らむ時に殺りてむ」とて、さらに山を登る。

実は、この白猪は神の使者ではなく、神そのものだった。この二つの言揚げが又命を苦しめることになるのである。山の神は大氷雨を降らし、命は正気を失って酔ったようになったが、居《ゐ》寤《さめ》の清水を飲み、恢復する。そこからさらに進み、美濃の当藝野《たぎの》に至った時、歩けなくなった。杖を突いてようやく伊勢の国尾津の一つ松の許に辿りついた。以前にここで食事をした時、忘れていった御刀《みはかし》がそのまま残っていたので歌を詠む。

尾張に　直《ただ》に向へる　尾津の崎なる　一つ松　吾兄《あせ》を　一つ松　人にありせば　太刀佩けましを　衣《きぬ》着せましを　一つ松　吾兄を

この後三重を経て能煩野《のぼの》に到る。今の鈴鹿の辺りである。この地で生国を偲び作る歌二首。

倭は　国のまほろば　たたなづく　青垣　山隠《ごも》れる　倭しうるはし

命の　全《また》けむ人は　畳薦《たたみこも》　平群《へぐり》の山の　熊白檮《くまかし》が葉を　髻華《うず》に挿せ　その子

この二首は、故郷を偲んで詠んだ「国偲び歌」である。さらにもう一首。

愛《は》しけやし　吾家《わぎへ》の方よ　雲居《くもゐ》起《た》ち来も

この時俄に病勢が悪化する。

嬢子《をとめ》の　床の辺に　我が置きし　つるぎの太刀　その太刀はや

「と歌ひ竟《を》ふる即ち崩《かむあが》りましき」

この「崩」とは、天皇や皇后の死に対して遣う字で、通常皇太子や皇子の死について遣うものではない。倭建命が天皇に準ずる形で表現されていると、研究者は指摘している。能煩野に葬られた命は、そこから白鳥になって飛び去り、河内の志幾《しき》に留まった。ここに御陵を作り、白鳥の御陵という。今、大阪府羽曳野市に御陵は現存する。

人は自らの運命を先知する事はできない。しかし、「一つ松」の歌に始まり、三つの国偲び歌、そして最後に「その太刀はや」と詠い終えて絶命するに至る歌の心は、既に自ら辿るべき運命を、そのまま受け容れているように思われる。運命愛という言葉がふさわしいかどうかは別にしても……。

三島由紀夫氏が『古事記』に見た主題は、以下のようである。

「くりかへして言ふが、命はこれらの詩作のみによつて、最初の文化意志を代表する者となつたのではない。／統治機能からもはやはみ出すにいたつた神的な力が、放逐され、流浪せねばならなくなつたところに、しかも自らの裡の正統性（神的天皇）によつて無意識に動かされつづけてゐるところに、命の行為のひとつひとつが運命の実現となる意味があり、そのこと全体が、文化意志として発現せざるをえなくなつたのだ。神人分離とはルネッサンスの逆であり、ルネッサンスにおけるが如く文化が人間を代表して古い神を打破したのではない。むしろ、文化は、放逐された神の側に属し、しかもそれは批判者となるのではなく、悲しみと抒情の形をとつて放浪し、そのやうな形でのみ、正統性を代表したのである」

倭建命は決定的に放逐された訣《わけ》ではないが、都に帰れず、旅に死ななければならなかった。一見、高天の原を追放された須佐之男命と同じように見えるが、須佐之男命は出雲の国で八岐大蛇を退治して、櫛名田比賣《くしなだひめ》と結婚、放浪の旅は終るのである。「泣きいさちる」須佐之男命と、「患《うれ》ひ泣く」倭建命に照応する部分があるとしても、徹頭徹尾神である須佐之男命と「神人分離」の渦中にある倭建命とは、自ずから異なる運命にあったのである。

第三章　家持と防人――公と私の涙

『三十六歌仙額』の大伴家持（狩野探幽・筆）

『万葉集』の撰者は誰か。古くは橘諸兄《もろえ》がその人であるとされてきたが、現在では、大伴家持が、編纂に大きくかかわっていることは間違いないとされている。特に全二十巻のうち、巻十七からの四巻は、家持の歌日記といわれるほど、その作歌が年代順に続いているのである。『万葉集』所収の歌は、鹿持雅澄《かもちまさずみ》の『萬葉集古義』によれば四千四百九十六首を数える。現在、歌の総数は四千五百余首とされる。それは研究者によって数え方が違うからである。そのうち家持の歌は四百七十九首である。集中、その第一首は十六歳の作、最後は四十二歳の作である。家持が生れ育った大伴家とは、伴造系で先祖を天孫と共に天降《あも》りした天忍日命《あめのおしひ》と仰ぎ、代々武を以て仕えてきた最有力の軍事氏族であった。祖父の安麻呂、父の旅人は共に従二位、大納言に上り、高級官人として生きたが、家持はついに従三位中納言に止まり、大納言昇進は果せなかった。その上家持は、十四歳で父旅人を失いながらも、氏の上として一族を統率し、世に処さなければならなかった。これが家持の宿命だったのである。

ふりさけて若月《みかづき》見ればひとめ見し　人の眉引きおもほゆるかも

天平五年（733）と推定される、十六歳の時に詠んだ第一首である。「初月の歌一首」と詞書がある。三日月から人の眉引きを聯想するのは、家持一人ではあるまい。与謝蕪村に、「うす衣《ぎぬ》に君が朧《おぼろ》や峨眉《がび》の月」という句がある。これには「春夜小集　探題得峨眉山月歌」と前書きがあり、李白の「峨眉山月の歌」に想を得たことが分る。

峨眉山月半輪秋
影入平羌江水流
夜発清渓向三峡
思君不見下渝州

峨眉山月半輪の秋
影は平羌江《へいきやうかう》　水に入りて流る
夜清渓《せいけい》を発して三峡に向ふ
君を思へども見えず渝州《ゆしう》に下る

安東次男氏は「李白が秋の清月にしのんだ恋しい人の面影を、春のおぼろ月の気配に仕立替えたところが、いかにも蕪村らしい工夫である」と評している。美人の眉を峨眉という表現が何時からあるのか詳細は分らぬが、家持のこの歌を読むたびに、李白と蕪村に聯想が及ぶのを禁じ得ない。「峨眉」は、普通「蛾眉」と書く。「蛾の触覚のような三日月形の眉。美人の眉の形容。転じて、美人の称。三日月のこと」と『広辞苑』は説く。要するに峨眉も蛾眉も三日月も、思い浮べるのは美人なのである。

李白は唐の長安元年（701）に生れ、宝応元年（762）に世を去った。「峨眉山月の歌」は、二十代半ばの作と推定されているから、家持の作とさして年代の隔たりはないのが、二人の青年の歌に共通する春情を表現していて興が深い。

十一年夏六月　亡妾を悲傷《かなし》みて作る歌一首
今よりは秋風寒く吹きなむを　いかでかひとり長き夜を寝む

「三日月の歌」から六年後の詠である。亡妾を『古義』は「みまかれるめ」と訓んでいる。家持の正妻は坂上大嬢《さかのうえのおおいらつめ》、つまりこの妾女は「めしつかへる妾女の、身まかれるなるべし」とする。家持はこの時、短歌十一首と長歌一首を詠じた。
「砌《みぎり》の上の瞿麦花《なでしこのはな》を見て」云々の詞書の後、

秋さらば見つつ思《しぬ》べと妹《いも》が植ゑし　屋前《やど》の石竹《なでしこ》咲きにけるかも

と詠む。秋が来て花が咲いたら一緒に賞愛しようと植えた撫子が、今咲いているにもかかわらず、植えたその人はもうこの世に存在しない。「いとど悲しさに堪へがたきかな」

時はしもいつもあらむを心痛く　いゆく吾妹《わぎも》かわかき子をおきて

妹が見し屋前に花咲く時は経ぬ　吾が泣く涙いまだ干《ひ》なくに

佐保山にたなびく霞見るごとに　妹を思ひで泣かぬ日はなし

家持とこの愛妾との間には、子供があったようである。父旅人を失う以前に、家持の生母はすでに亡き人となっていた。三首目の佐保山には葬送の場があったらしく、そこにたなびく霞をみると亡妾を思い出して、落涙の日が続くというのである。誰もが経験する家族の生と死であろう。

家持は撫子の花が好きだったようだ。二十九歳で越中守となり、任地へ赴き、彼の地で「庭の花を詠《なが》めて作る歌一首幷《また》短歌」がある。

大君の遠の朝廷《みかど》と　任《ま》きたまふ官《つかさ》のまにま　み雪ふる越に下り来　荒玉の年の五とせ　敷細《しきたへ》の手枕纏《ま》かず　紐解かず独寝《まろね》をすれば　いぶせみと心慰さに　なでしこを宿に蒔き　生《おほ》し　夏の野の小百合ひき植ゑて　咲く花を出で見る毎に　なでしこがその花妻に　小百合花後《ゆり》も逢はむと　慰むる心しなくば　天離《あまざか》る鄙《ひな》に一日も　在るべくもあれや

反歌二首

なでしこが花みるごとにをとめらが　笑《ゑま》ひのにほひ思ほゆるかも

小百合花後《ゆり》も逢はむと恋延《したばふ》る　こころしなくば今日も経めやも

家持は十代のはじめに、父旅人の大宰帥任官に伴い、九州の大宰府で数年生活した。その後、父の大納言就任により都へ帰還する。その官歴を粗々辿ってみると、二十一歳で内舎人《うどねり》となり、二十八歳で従五位下、そして宮内少輔《くないのしょうふ》を経て越中守となり任地へ赴く。いること五年、少納言昇進で帰京。以後、兵部少輔《ひょうぶ》、大宰少弐《しょうに》、民部少輔、左中弁、左京大夫、衛門督《えもんのかみ》、参議、従三位・春宮大夫《とうぐう》、陸奥鎮守将軍、中納言と官歴を重ねた。

越中守として在国中に詠んだ歌で、世評に高い三首を引く。

春の苑《その》紅《くれなゐ》にほふ桃の花　下照る道に出で立つをとめ

わが園の李《すもも》の花か庭にふる　斑雪《はだれ》のいまだ残りたるかも

物部《もののふ》の八十少女《をとめ》らが酌みまがふ　寺井の上の堅香子《かたかご》の花

いずれも春の明るさに彩られて、ほのかに暖かく、清潔な詠みぶりである。一首目、紅が匂うように色づいた桃の花に照らされて乙女が立っているのか、匂うような美貌の乙女が立っているので、桃の花まで一層明るく輝いて見えるのか……。

三首目の堅香子はかたくりのことで、今でも、かたくりの群生地で花の見ごろ時期を報道する新聞もある。紫色の可憐な花である。華麗に群れいる八十乙女らと、紫のかたくりとの照応が美しい光景を現出させている。

天平勝宝三年（751）、三十四歳で少納言になり、帰京する。その二年後、三十六歳の時の歌は、近代的憂愁とも評されて、人口に膾炙《かいしや》している。

春の野に霞たなびきうらがなし　この夕影にうぐひす鳴くも

わが宿の五十竹葉群竹《いささむらたけ》吹く風の　音のかそけきこの夕《ゆふべ》かも

二月二十三日、興《こと》につけて作る歌二首とある。同じく二十五日の歌。

うらうらに照れる春日に雲雀《ひばり》あがり　情《こころ》悲しも独りし思へば

この歌の後に添えられた文章がある。「春日遅遅、鶬鶊正啼、悽惆之意、非歌難撥耳、仍作此歌、式展締緒」。この左註は「春の日うららとして、ひばり正に啼く。いためるこころ、歌にあらずばはらひがたし。よりてこの歌を作り、もつてむすぼれる心をのぶ」と訓む。悽惆の意も鬱結の情も、うらうらと照る春日やたなびく霞とともに、払い難く胸中に蟠《わだかま》る。ここには古代も近代もない、人間自然の感情の発露であろう。

「春眠暁を覚えず、処々啼鳥《ていちょう》を聞く」と詠じたのは唐の孟浩然《もうこうねん》だが、何とものんびりとした心境である。これと同様の感懐は、白楽天にもある。「香爐峯下新たに山居をトし、草堂初めて成る、偶々東壁に題す」である。

日高睡足猶慵起
小閣重衾不怕寒
遺愛寺鐘欹枕聴
香爐峯雪撥簾看
匡盧便是逃名地
司馬仍為送老官
心泰身寧是帰処
故郷何独在長安

日高く睡り足りて猶起くるに慵《ものう》し
小閣に衾《しとね》を重ねて寒を怕《おそ》れず
遺愛寺の鐘は枕を欹《そばだ》てて聴き
香爐峯の雪は簾を撥《かか》げて看る
匡盧《きょうろ》は便《すなは》ち是れ名を逃るるの地
司馬は仍《な》ほ老を送るの官為り
心は泰《やす》く身の寧《やす》きは是れ帰する処
故郷何ぞ独り長安にのみ在らんや

白楽天四十六歳の作である。地方官として赴任した自らの境遇に満足して、春眠を貪る姿は、本心かどうか。「遺愛寺の鐘」と「香爐峯の雪」は、『枕草子』で有名な一挿話である。

雪の、いと高う降りたるを、例ならず御格子まゐりて、炭櫃に火熾《お》こして、物語りなどして、集まりさぶらふに、

「少納言よ、香爐峯の雪、いかならむ」

と、仰せらるれば、御格子上げさせて、御簾を高く揚げたれば、笑はせたまふ。人々も、「さる言は知り、歌などにさへ唱へど、思ひこそよらざりつれ。なほ、この宮の人には、さべきなり」

といふ。

寒さゆえか、いつもより早く格子を下しているのを見て、中宮が、せっかくの雪景色を見るために、清少納言に「香爐峯の雪やいかに」と問いかけた時、少納言はすぐさま格子を上げ、御簾を掲げて応えた。『和漢朗詠集』にも「遺愛寺の鐘」と「香爐峯の雪」の二句は採られているから、前代の教養を日常の中に活かすことは、宮中や貴族の生活には不可欠だったのである。

しかし、孟浩然や白楽天における春の倦怠、あるいは無聊《ぶりょう》と、家持の春愁とは些か異なっているると思われる。むしろ、鬼才と呼ばれた中唐の詩人李賀の「将進酒」に近いものを見ることができるのではないか。

瑠璃鍾　　瑠璃の鍾《さかづき》
琥珀濃　　琥珀濃し

小槽酒滴真珠紅
烹龍庖鳳玉脂泣
羅屏繡幕圍香風
吹龍笛
撃鼉鼓
皓歯歌
細腰舞
況是青春日将暮
桃花乱落如紅雨
勧君終日酩酊酔
酒不到劉伶墳上土

小槽酒滴って真珠紅なり
龍を烹《に》　鳳を庖《はう》して玉脂泣き
羅屏繡幕《らへいしゆうばく》　香風を囲む
龍笛を吹き
鼉鼓《だこ》を撃ち
皓歯《かうし》歌ひ
細腰舞ふ
況や是れ青春　日将に暮れんとし
桃花乱れ落ち　紅雨の如くなるをや
君に勧む　終日酩酊して酔へ
酒は到らず　劉伶《りうれい》墳上の土に

李賀は唐の貞元七年（791）に生れ、元和十二年（817）、二十七歳で死んだ。家持に遅れること三十二年である。賀は早熟の人であった。七歳の時に書いた文章を見て、韓愈《かんゆ》は、もし古人なら今日まで知らなかったし、今の人ならきっと知っているはずだがと、不思議がったという。それほど文才があった李賀だが、様々な状況に阻まれ、科挙に合格することができなかった。「将進酒」は招いた友人に酒をすすめる詩である。銘酒をすすめ、楽器の音色と歌う美姫の白い歯と、しなやかな腰つきで舞う姿に興を感じるうちに、春の永日もようやく暮れかけてきた。

桃の花も赤い雨のように降っている。さあ、飲みたまえ、日がな一日酔うが良い。いくら劉伶が酒好きでも、墓の上の土には酒は訪れないぞ、と。

──況や是れ青春、日将に暮れむとす──

友と宴飲し、美姫の舞歌に酔いしれる今、この春の永日が暮れようとしているのは事実として、この詩を読む時、人生の青春は長くはないぞ、正にこの瞬間から早くも消え去ってゆくのだ、というやるせない感懐がどうしても湧き上がってくる。それは李賀の人生がこの先もう長くないことを、後世の我々が知っているからということだけではないはずだ。李賀自身もどこかでそれを知っているのである。家持の春愁と李賀の惜春と、詩歌の力は侮れない。

しかし、家持は、春の愁いの中に揺蕩《たゆと》うているだけでは済まない人生がある。翌年四月、兵部少輔に任ぜられた。軍政一切を取り扱う兵部省の次官である。ここで家持は防人と出会うことになる。『万葉集』に防人の歌を収録し、至らぬ歌作は採らなかった。その上、防人に代って別離の悲しみを述べた歌まで作っているのである。

防人の任期は三年、天平勝宝七年（755）はその交替期に当り、家持は兵部少輔として難波《なにわ》津《つ》に出張っていた。東国から集まった防人を、筑紫の大宰府に送るためである。

防人の悲別の心を痛みて作る歌一首幷《また》短歌

天皇《すめらぎ》の遠の朝廷《みかど》と　不知火筑紫の国は　賊《あた》守る鎮《おさへ》の城《き》ぞと　聞し食《を》す四方の国には　人
多《さは》に満ちてはあれど　鶏が鳴く東国男子《あづまをのこ》は　出《いで》向ひ　顧《かへり》みせずて　勇みたる　猛《たけ》き軍卒《いくさ》

と　労《ね》ぎ給ひ　任《まけ》の随意《まにま》に　垂乳根の母が目離《か》れて　若草の妻をも纏《ま》かず　荒玉の月日
数《よ》みつつ　蘆が散る難波のみ津に　大船にま櫂繁貫《かいしじぬ》き　朝和《あさなぎ》に水手《かこ》ととのへ　夕潮に楫《かぢ》
ひき折りて　率《あど》ひて漕ぎ行く君は　波の間をい行き浮沈《さぐく》み　真幸《まさき》くも早く到りて　大君
の命の随意《まにま》に　丈夫《ますらを》の心を持ちて　在廻り仕事《こと》し終らば　恙《つつま》はず帰り来ませと　忌瓮《いはひへ》を
床辺にするゑて　白妙の袖折り返し　射干玉《ぬばたま》の黒髪敷きて　永き月日《け》を待ちかも恋ひむ　愛《は》
しき妻等は

ますらをの靭《ゆき》取り負ひて出でて行けば　別れを惜しみ歎きけむ妻
鶏が鳴く東男の妻別れ　かなしくありけむ年の緒ながみ

さらに「防人の情になりて」「防人の悲別の情を陳ぶる歌」と、長歌を三首詠んでいる。防人自身はこの「悲別の情」をどう詠ったか。

忘らむと野ゆき山ゆき我来れど　我が父母は忘れせぬかも
商長首麿《あきのをさのおびとまろ》

父母が頭《かしら》かき撫で幸《さく》あれて　言ひし言葉ぞ忘れかねつる
丈部稲麿《はせつかべのいなまろ》

わが母の袖持ち撫でて我がからに　泣きし心を忘らえぬかも
物部乎刀良《もののべのをとら》

旅衣八重着重ねて寝《い》ぬれども　なほ膚寒し妹にしあらねば
玉作部国忍《たまつくりべのくにおし》

蘆垣の隈所《くまど》に立ちて吾妹子《わぎもこ》が　袖もしほほに泣きしぞ思はゆ
刑部千国《おさかべのちくに》

筑波嶺のさ百合《ゆる》の花の夜床《ゆとこ》にも　愛《かな》しけ妹《いも》ぞ昼も愛しけ
大舎人部千文《おほとねりべのちふみ》

こういう親子の愛、夫婦の情を、家持は無視することができなかった。だからこそ、「防人の悲別の心を痛みて」代りに歌を詠んだのである。しかし防人の歌は、このような愛恋の私情を詠んだ歌ばかりではない。

霰《あられ》降り鹿島の神を祈りつつ　皇御軍《すめらみくさ》にわれは来にしを

この歌は前の「筑波嶺の」と同じ作者で、常陸の国の防人である。鹿島の神とは武甕槌《たけみかづち》命で、建御雷命とも書く、鹿島神宮の祭神である。天孫降臨の際、香取神宮の祭神経津主《ふつぬし》命とともに出雲の国に天降り、大国主命に国譲りを説き、従わなかった大国主命の子、建御名方《たけみなかた》命と力競べをしてこれを打ち負かした神である。古来より、鹿島香取両神宮は武の神として崇められ、この二神に武運長久を祈願して出発するのを、鹿島立ちと称した。

今日よりは顧みなくて大君の　醜《しこ》の御楯《みたて》と出で立つ我は

今奉部与曾布《いままつりべのよそふ》

かつて戦意高揚のためにプロパガンダとして盛んに使われた歌だが、これを詠じた今奉部与曾布の真情はまた別にあろう。

「醜の御楯」という。醜《しこ》とは何か。大君との対比において身分の低いこと、卑しき身という解釈は間違いだと、古人はいっている。この醜は武勇に優れたという意味で、大国主命の別名、葦《あし》原醜男命《はらしこをのみこと》に顕れている、と。さらにいえば、悪源太義平の「悪」と同様に、強さ、勇猛さを称えた表現なのである。

——今日よりは顧みなくて大君の醜の御楯と出で立つ我は——

何度か口遊む。

「顧みなくて……出で立つ我は」

顧みなくてというほどに、顧みる心が見えてくるではないか。契沖《けいちゅう》の解釈を待つまでもなく、故郷に残した親を顧み、妻子を顧みる防人の歌の心である。醜の御楯として雄叫びに身を震わせるのも、肉親の愛に後ろ髪を引かれるのも、二つながら人間の本心であり、戦に赴く大丈夫の根基を支えるものである。

家持に「族《やから》を喩《さと》す歌」と題する長歌がある。天平勝宝八年（756）、三十九歳の時である。

久方の天の戸開き　高千穂の峰《たけ》に天降《あも》りし　皇祖《すめろぎ》の神の御代より　施弓《はたゆみ》を手握り持た
し　真鹿児矢を手挟み添へて　大久米の丈夫《ますらたけを》を　先に立て靭取り負せ　山河を岩根さく
みて　履《ふ》みとほり覓国《くにまぎ》しつつ　千早振る神を言向《ことむ》け　まつろはぬ人をも和《やは》し　掃き清め
仕へまつりて　蜻蛉洲《あきつしま》大和の国の　橿原の畝火《うねび》の宮に　宮柱太知《ふとし》り立てて　天の下知ら
し召しける　皇祖の天の日嗣《ひつぎ》と　次ぎて来る君の御代御代　隠さはぬ赤き心を　皇方《すめらへ》に
極め尽して　仕へ来る遠祖《おや》の職業《つかさ》と　事立てて授け給へる　生みの子のいや継継《つぎつぎ》に　見
る人の語り次ぎてて　聞く人の鑑にせむを　惜《あたら》しき清きその名ぞ　大凡《おぼろか》にこころ思ひて
虚言《むなごと》も遠祖の名断つな　大伴の氏と名に負へる　健男《ますらを》の伴

敷島の大和の国に明《あき》らけき　名に負ふ伴の緒心つとめよ

剣太刀いよよ研ぐべし古《いにしへ》ゆ　清《さや》けく負ひて来にしその名ぞ

これこそ本章の冒頭に述べた家門の誇りと、現状に対する危機意識を、一族に改めて説諭する家持の切迫した真情吐露である。この歌の左註には「淡海三船《おうみのみふね》の讒言《ざんげん》により、出雲守大伴古《こ》慈斐《しび》が解任されたので、この歌を作った」とある。『続日本紀』の天平勝宝八年五月の条に、古慈斐も三船も共に罪せられて、左右衛士府《えじふ》に拘禁と書かれているが、契沖は二つの記事の齟齬《そご》を訝しんでいる（しかし二人は三日後に解放された）。

では、喩しを受ける族とは誰か。藤井一二『大伴家持』は、一族の内、五位以上の人名を六人挙げている。

「大伴兄麻呂　従三位・参議・紫微大弼《しびのだいひつ》、長徳の子
大伴古麻呂　正四位下・左大弁
大伴古慈斐　従四位上・出雲守、長徳の弟吹負《ふけい》の孫
大伴御依《みより》（三依）　従五位下・主税頭
大伴伯麻呂《おじまろ》　従五位下・上野守
大伴稲君　正五位下・上総守、叔父、祖父安麻呂の子」

藤井氏はこの喩しがどこまで届いたかについて、三つの可能性を挙げた。一つはごく親しい大伴池主《いけぬし》や従兄弟の古麻呂、次に儀礼的な対外的メッセージ、最後は外部へは発信しない家持自身の心得とし、その後の推移をみると、一族に効果的な影響を与えた形跡は認められない、と

する。

しかしこの強いメッセージ性からして、何らかの伝達はあったと見る方が自然ではないか。それでもなお大伴氏の衰退に歯止めがかからなかったとすれば、天皇と伴造系との紐帯よりも、藤原氏などによる新興勢力の政治進出が急速に進んだからであろう。家持の抱いた危機感は、既に現実となっていたのである。

ここに名が出た大伴古麻呂は、豪胆な男であった。天平勝宝二年（750）遣唐副使となり、二年後に二度目の入唐を果す。翌天平勝宝五年（753）、元日の朝賀の式で、席次を巡って騒動があった。東の第一席に新羅、二席に大食《タージー》、西の第一席に吐蕃《とばん》、二席が日本となっていたのを、新羅は長年日本に朝貢してきている国である、その新羅が日本より上席にあるのは義に背くと強硬に抗議、東の筆頭に日本、新羅を西の二席に落したのである。これは『続日本紀』にしか記述がなく、信憑性に疑いがあると説く学者の説に対して、石井正敏氏は鑑真に従って来朝した思託の著『延暦僧録』に明記あるのを引き、席替えは事実であるとする（「大伴古麻呂奏言について――虚構説の紹介とその問題点――」（法政史学）第三十五号　昭和五十八年）。

鑑真来朝を許さなかった唐朝の方針を恐れ、大使藤原清河は鑑真の乗船を拒否したが、古麻呂は独断で自分の乗る船に同乗させ、日本へ同道したのである。こういう剛腹の古麻呂である、天平勝宝九年（757）、権力を掌握しつつあった藤原仲麻呂を廃せんとして起《た》った橘奈良麻呂の挙に左袒《さたん》したが事前に露見し、杖下《じょうか》に死した。奈良麻呂は橘諸兄の子である。諸兄は敏達天皇の裔《すえ》で、天平八年（736）に臣籍降下した後、左大臣から正一位にまで昇りつめたが、藤原仲麻呂の権勢が強まり、政治から身を引く。この時代、藤原氏に対抗する勢力の大黒柱であった。家持と奈良麻呂にも深いつながりがあったが、この一挙に家持は距離を置いていたらしく、家持への譴責《けんせき》はなかったようである。

「族を喩す歌」以前に、もう一つ家門の誇りを詠じた歌がある。聖武天皇が大仏造立を発願されたが、仏身を荘厳するための金の産出に困難を来していた時、陸奥から金の貢納があった。天皇がこれを喜ばれて発せられた詔を寿いだ歌である。

「陸奥の国より金を出だせる詔を賀《ことほ》ぐ歌一首并短歌」

　葦原の瑞穂の国を　天降り知らしめしける　皇祖《すめろぎ》の神の命の　御代重ね天の日嗣と　知らし来る君の御代御代　敷き坐《ま》せる四方の国には　山河を広み厚みと　奉る御調宝《みつぎたから》は　数へ得ず尽しもかねつ　然れども吾が大君の　諸人を誘ひたまひ　善き事を始め給ひて　黄《く》金《がね》かもたのしけくあらむと　思ほして下悩ますに　鳥が鳴く東の国の　陸奥の小田なる山に　黄金ありと奏《まう》し給へれ　御心を明らめたまひ　天地《あめつち》の神相納受《あひうづな》ひ　皇御祖《すめろぎ》の御霊助けて　遠き世に無かりし事を　朕《あ》が御代に顕《あらは》してあれば　食《を》す国は栄へむものと　神ながら思ほし召して　武夫《もののふ》の八十《やそ》伴《とも》の緒を　まつろへのむけの任《まにま》に　老人《おいひと》も女童《めのわらは》も　其《し》が願ふ心満足《だらひ》に　撫でたまひ治めたまへば　ここをしも奇《あや》に貴《たふ》とみ　うれしけくいよよ思ひて　大伴の遠つ神祖《かむおや》のその名をば　大来目主《おほくめぬし》と負ひ持ちて　仕へし官《つかさ》　海行かば水漬く屍　山行かば草生《む》す屍　大君の辺にこそ死なめ　顧みはせじと言立て　丈夫の清き

その名を　古《いにしへ》よ今の現在《をつつ》に　流さへる親の子どもぞ　大伴と佐伯の氏《うぢ》は　人の祖《おや》の立つる辞立《ことだて》　人の子は祖の名絶たず　大君に従ふものと　言ひ継げる事の職《つかさ》ぞ　梓弓手にとり持ちて　剣太刀腰にとり佩き　朝守り夕の護りに　大君の御門の守り　吾を措きてまた人はあらじと　弥《いや》立て思ひし増さる　大君の御詔《みこと》の幸《さき》の聞けば尊み

ますらをの心おもほゆ　大君の御言《みこと》の幸の聞けば貴み
大伴の遠つ神祖《かむおや》の奥津城《おくつき》は　著《しる》く標《しめ》立て人の知るべく
皇祖《すめろぎ》のみ代栄えむと　東《あづま》なる陸奥山に黄金花咲く

家持を感激させたのは、天平二十一年四月に発せられたこの詔書の中に、「大伴佐伯宿祢は常も云ふごとく、天皇《すめら》が朝《みかど》守り仕へ奉ること顧みなき人どもにあれば、汝《いまし》たちの祖《おや》どもの云ひ来らく、海ゆかばみづくかばね、山ゆかば草むすかばね、おほきみのへにこそ死なめ、のどには死なじ、と云ひ来る人どもとなも聞こしめす。是をもちて遠天皇《とほすめろぎ》の御世を始めて、いま朕が御世に当りても、内兵《うちのいくさ》と心《おもほしめして》中ことはなも遺はす」云々との記述があったからである。「大来目主」とは、記紀にある「みつみつし久米の子らが、かきもとに植ゑしはじかみ、口ひひく、われは忘れじ、討ちてしやまむ」と歌う久米部を率いるという意味である。佐伯氏も久米部も、大伴氏の統率のもとにあったのである。そういう部隊を率いて、皇祖から今に至るまで、代々の天皇に近衛として仕えてきた大伴よ、との詔は、家持にとって感泣すべき褒賞であった。

詔に「大君の辺にこそ死なめ、のどには死なじ」とある個所を、家持は「大君の辺にこそ死なめ、顧みはせじ」と書いた。おそらく二つの言立があったのであろう。ただ大伴氏の言立は、詔に引かれるほど世に名高いものだった。『万葉集』にはもう一つ大伴氏の言立が収載されている。

靫懸くる伴の緒広き大伴に　国栄えむと月は照るらし

この歌の作者は分らない。しかし、大伴一門で歌い継がれてきた歌であることは間違いない。いわば一族の歌である。大伴氏の職掌として、皇居の門の守護があった。靫を背に負い大伴門を警衛している大伴の一族に、月の光が降り注いでいる、祖国よ栄光あれと。厳寒の夜、門衛に従いながら、月を仰いで歌う。宴席で盃を挙げながら昂然と歌う。様々な場面で、この歌は歌われたのであろう。

警衛の門は大伴門という。これは平安京にいう応天門で、朱雀大路に面した中央の門である朱雀門の奥にある。この門を守護する大伴氏の誇りが、歌には籠められているのである。この誇りへの危機感が、「族を喩す歌」には濃厚に流れていたのであった。

『万葉集』全二十巻は、家持の歌で締めくくられる。

新《あらた》しき年の始めの初春の　今日降る雪のいや重《し》け吉事《よごと》

天平宝字三年（７５９）一月一日、国守として赴任している因幡の国庁で詠んだ歌である。題に「因幡国庁にて国郡司等を賜饗する宴の歌」とある。元旦の朝賀の式のあと、国司や郡司等に官費で宴を賜うのである。家持四十二歳であった。以後、六十八歳で歿するまでの二十六年に、歌作がないとは思えぬが、記録は残されていない。

「今日降る雪のいや重け吉事」とは、当時積雪が豊作の予兆という考え方があったのである。ただこの歌の、「新しき年の始めの初春の今日降る雪の」と、「の」を四つ重ねて畳みかけるような詠みぶりは、歌作りの技法上からすれば尋常とは思われない。これを口唱するたびに、秋の豊作を祝福するよりも、何とかよいことが重なって欲しいという、切なる悲願を強いられるような気がするのである。

家持は、朝廷の高官として、誇り高い大伴一族の氏の上として、そして一人の家長として感泣し、慨嘆し、孺恋に涙した。防人も、身分や立場はそれぞれあるにしても、同様の感懐に泣いたことは間違いないことであろう。

従三位・中納言大伴宿祢家持の死は、延暦四年（７８５）八月二十八日であった。そのおよそ一月後、中納言にして正三位・式部卿の藤原種継が暗殺される。この事件に連座したとして、家持は除名処分となった。名を除くとは、位階、勲等すべてを剝奪し、庶人に落すことである。大伴氏では他に家持の子永主《ながぬし》、継人らが罪せられたが、二十一年後、桓武天皇は生死を問わずこれを許し、本位に復せしめたのである。

第四章　業平と頼政——色好みの涙

『三十六歌仙額』の在原業平（狩野探幽・筆　右）／源頼政（ＭＯＡ美術館所蔵　左）

在原業平なる人間像の大方は、『伊勢物語』が作ったといってよい。それは虚実を織り交ぜた「むかし男」の姿である。

むかし、男、うひかうぶりして、平城《なら》の京、春日の里にしるよしして、狩に往《い》にけり。その里に、いとなまめいたる女はらから住みけり。この男、かいまみてけり。おもほえず、古里にいとはしたなくてありければ、心地まどひにけり。男の着たりける狩衣《かりぎぬ》の裾を切りて、歌を書きてやる。その男、しのぶずりの狩衣をなむ着たりける。

春日野の若紫のすり衣《ごろも》しのぶのみだれかぎり知られず

となむ、おいづきていひやりける。

ついでおもしろきことともや思ひけむ、

みちのくのしのぶもぢずり誰ゆゑにみだれそめにし我ならなくに

といふ歌の心ばへなり。むかし人は、かくいちはやきみやびをなむしける。

『伊勢物語』の初段である。「うひこうぶり」とは、初冠の字義通り元服と考えるのが普通だが、叙爵とする説もあるようだ。その「うひこうぶり」した「むかし男」が、旧都奈良へ狩に赴いた。すると古里には似つかわしくない今風の美女姉妹がいたので、想いが乱れ、着ていた狩衣の裾を切り、歌を書いて遣った。「むかし男」はしのぶずりの狩衣を着ていたので、河原の左大臣源融《とおる》の歌、「みちのくのしのぶもじずり誰ゆゑにみだれそめにし我ならなくに」の心を踏まえてこう詠んだのである。陸奥の名産であるしのぶずりは、草木の葉を衣に擦り付けて染めた模様が、乱れたように見えるので、そのしのぶずりのようにわが心も乱れているのだと。「むかし男」は、このような「いちはやきみやび」をするというのだが、「いちはやき」とは「すばやい」ということではなく、「程度が激しい、熱烈だ」ということであると、築島裕氏は説いている（清水文雄、犬塚旦両氏も同意見である）。

この記述は見事に主人公の性格を規定しており、これが実在の業平にふさわしいと考えられ、「業平的人間像」として定着して行くのである。

この初段における「みやび」とは、「風流」と解してよい。犬塚氏の「王朝美的語詞の研究」によれば、「風流」という漢語には「①俗っぽくない、瀟洒《しょうしゃ》にして世俗を超越した、②教養のある、もののわかった、③好色」などの意味が込められていたという。それが奈良時代を経て、王朝文化の盛んになるにつれて、「風流」に「みやび」の訓みが付けられた時、「風流の全意義を包摂しつつ、それらを文雅的美的に止揚してゆく方向においてうけとめられたのではあるまいか」と説く。この三つ目の「好色」は、王朝文化の進展に従って「すき」に主導権を渡して行くが、業平の時代にはまだ「みやび」という時、この三要素が含まれていたと考えてよかろう。『伊勢物語』には、「むかし男」の詠んだ歌として、業平作ではない歌も採られているが、「春日野の」の歌は業平が詠んだ歌である。何故春日野に狩に行ったか。これについては、業平の「放縦不拘《ほうしようふこう》」振りと関係するので後述する。

文学としての『伊勢物語』を一旦離れて、国史の描く業平はこうである。

(元慶四年五月)廿八日辛巳、従四位上行右近衛権中将兼美濃権守在原朝臣業平卒す。業平は故四品阿保《あぼ》親王の第五子、正三位行中納言行平の弟也。阿保親王桓武天皇の女伊登《いと》内親王を娶りて業平を生む。……業平は体貌閑麗、放縦にして拘《こだは》らず、略《ほぼ》才学無し、善く倭歌を作る……(原漢文)

『日本三代実録』記する所の業平卒伝である。卒とは五位以上の官人の死をいい、三位以上は薨《こう》、天皇には崩という。

業平を論ずる場合、その人物像として必ず引かれるのがこの「体貌閑麗、放縦不拘、略無才学、善作倭歌」の文字である。体貌閑麗とは体格と顔貌が秀でている、つまり美丈夫だということである。「みやび男《を》」といえば優男《やさおとこ》を聯想するのが通例だが、実態は違う、少くとも業平においては。

業平の父である阿保親王は、「素性謙退、才文武を兼ぬ、膂力《りょうりょく》あり、絃歌に妙なり」と評されているから、業平もこの父である親王の才質を受け継いでいた。業平の体力について、『大鏡』に面白い記述がある。宇多天皇がまだ十八歳で王侍従の時、業平と相撲をとったという挿話である。

御年十八。王侍従など聞えて殿上人にておはしましける時、殿上の御椅子の前にて業平の中将と相撲とらせたまひけるほどに、御椅子にうちかけられて高欄折れにけり。その折目今に侍るなり。

業平は元慶四年（880）に死んでいる。その時宇多天皇は十四歳、『大鏡』の十八歳という記述は成り立たないが、業平に投げつけられた際に折れた椅子の肘掛が、今も残っているとの記述を無視することもできまい。年代や年齢の記述違いは、史資料にはまま見られる現象でもある。十代の若者と五十代で相撲をとる業平の姿は、後の「業平的人間像」を形成するのに与って力があったというしかないが、注目すべき記述ではあろう。

人を評するに「放縦不拘」という時、一定の形式があるようだ。『懐風藻』の詩序には大津皇子をこう評している。

「皇子は浄御原帝の長子也。状貌魁梧、器宇峻遠。幼年学を好み、博覧にして能く文を属《つづ》る。壮に及びて武を愛し、多力にして能く剣を撃つ。性頗《すこぶ》る放蕩、法度に拘らず節を降して士を礼す。是に由りて人多く附託す」（原漢文）

この大津皇子への評言「性頗る放蕩、法度に拘らず」と、業平を評した「放縦にして拘らず」

とはほぼ同じ意味で、必要とあらば思い通りにやる、ということであろう。『三代実録』には、他にも貞観七年（865）二月二日に死んだ豊前王《とよさきおう》の卒伝で、「談咲消日、放縦不拘」とある。談咲消日とは、雑談にうつつを抜かして無駄に時を過している、ということである。

一方、民のために「不拘」振りを発揮して、善政を敷いた人もいる。仁寿二年（852）二月に死んだ越前守藤原高房は、身長六尺の偉丈夫で、気力体力も壮ん、「細忌に拘らず」官の威勢と民に対する恩恵を併せ持ち、不正は容赦なく正した。貞観三年（861）二月に死んだ大宰大弐清原岑成《みねなり》も清直の性で「小節に拘らず」、倉庫の修繕用の材木を調達するのに、急を要すると神木を切ろうとした。天満天神の霊験はあらたかなので、祟りがあると困るだろうと止める人もあったが、岑成は聴かず実行した。そのためかどうか、岑成は病を発して死んだ。大学助山田春城《はるき》も正直寛容の性で「忌祟に拘らず」、儒骨を備えた人であった（今井源衛氏『在原業平』）。

こう見てくると、業平を評した「放縦不拘」の文字には、官人として模範的とは言えないまでも、人間的には大いに評価すべき部分があるという、好意的な苦笑いのようなものが見えて来るではないか。

ここで業平が赴いた春日野の狩と「放縦不拘」との関係について、話を戻したい。三谷榮一氏の「伊勢物語の時代」に、注目すべき二つの視点がある。

業平が春日の里に狩に行つたわけだが、自分の所領なるが故に、成年式の「山かけ」「お山参詣」と同様に、狩猟時代からの「射礼」とか五月五日に行はれる「騎射」と同様の儀礼と領地の豊饒を予祝祈願する事であり、好色な男性だけに精力剤としての若角の「鹿茸」を求める意味をも合せて行ったのではあるまいか。殊に春日の里はいかに自分の所領とはいへ、藤原氏の氏神である春日大社のある土地柄であつて鹿が多く棲息し、「神の使」と称して、後世殺す者は重刑に処せられるほどであつた。自分の所領とはいへ、鹿狩をすることは藤原氏を凌辱する意義が大きく含まれてゐるのである。

ここにいう鹿茸《ろくじょう》とは、鹿の袋角のことであって、古来強精剤として珍重されていた。元服したての業平が、鹿茸を求めて春日野に鹿を狩りに行くのである。色好みの面目躍如というべきであろう。これが第一の視点である。この鹿狩にはもう一つ、藤原氏に対抗するという意味があった。

奈良時代から平安時代にかけては、皇親政治家と藤原氏との間で政争が繰り返された。業平の父阿保親王は、政争に巻き込まれるのを避けんがために、業平や兄行平らを臣籍降下させ、在原朝臣を賜ったのである。しかし在原兄弟には、皇孫であるという誇りがあったのか、藤の花影には靡《なび》かぬという気概があるようだ。

目崎徳衛氏は『在原業平・小野小町』で、「わくらばに問ふ人あらば須磨の浦に藻塩たれつつわぶと答へよ」という行平の歌を引き、大要以下のように論じる。

「行平は資性剛直で、覇気満々たる人物であった。蔵人頭、大宰権帥、民部卿等を歴任、しばしば時弊を痛論した意見書を朝廷に奉り、有能な民生政治家として定評を得た。また皇親の子弟を収容する大学別曹奨学院を設立して、王氏を率いて藤原氏に対抗しようとする気概を示し、ある時は（藤原）良房の後継者基経の裁断に異議を唱え、頑として譲歩しなかったことさえある。／弟業平の柔に対して行平は剛であり、前者の非政治的性格と対蹠的に豊かな政治的資質に恵まれていた」

目崎氏は、業平を非政治的性格で柔、兄行平を政治的素質に富み、剛直と規定したが、前記三谷氏の論にもある通り、そう一概にはいい切れぬものがある。目崎氏が引いた「わくらばに」の歌には、長い詞書がある。

田村御時《たむらのおほんとき》に、事にあたりて、摂津国《つのくに》の須磨といふ所にこもり侍りけるに、宮の内に侍りける人につかはしける

在原行平朝臣

わくらばに問ふ人あらば須磨の浦に藻塩たれつつわぶと答へよ

「田村御時」とは文徳天皇の御世である。「事にあたりて」の事の内容は不明だが、流罪ではなく自ら慎んでいたらしい。

この歌は『古今集』に行平作として採られているが、実は業平の歌だという説がある。飯田季治著『評釈業平全集』（明治四十年刊）である。詞書には少々異同があり、「田村の御時、ことにあたりて、津の国須磨の浦と云ふ所に籠りて、都の人に遣はしける」となっている。その中で、「即ち茲《ここ》にわぶと答へよと言へるは、志を得ずして呻吟《しんぎん》しつゝありと答へよとの意にて、曩《さき》に

『頼まれぬ憂世の中を嘆きつゝ日かげにわぶる身を如何にせん』また『住みわびぬ今は限りと山里に爪木こるべき宿求めてむ』など見えたるも、皆此の意《こころ》を含める也」と注釈し、都では自分の身の上など気にする人はあるまいが、もしたまさかに問う人があったら、業平は人寂しい須磨の浦で、海士が生業にする塩焼きなどして、不遇を嘆いていると伝えてくれと、歌の意を説いている。

そしてこの歌の作者を業平とする根拠を述べるのである。

古今集に此の歌の作者の在原行平朝臣とあるは、写し誤れる本にして正しからず。故小中村清矩《きよのり》翁所蔵の『右古今倭《ママ》和歌集以家隆卿自筆之本令比校畢尤可為証本者也永禄七年甲子三月九日正二位藤原為益判』の奥書ある本に、在原業平朝臣とあり。また華頂宮尊超《そんちょう》親王家の本に拠《よ》りて松屋翁が校せられし古今集にも行平を業平に改めたれば、此の歌の作者は業平朝臣なること疑ふべからず。

小中村清矩所蔵の古今集には業平の歌として採られており、これは藤原家隆自筆本によって校合せしめた尤なる本であると、永禄七年三月、正二位藤原為益証判の奥書がある。また、華頂宮家所蔵の本によって小山田与清《ともきよ》が校正した古今集も、行平を業平に改めてあるので、業平の歌であることは疑いないというのである。

『評釈業平全集』の著者飯田季治氏は、江戸後期から明治に生きた国学者飯田武郷《たけさと》の七男という。父と共に国学の人であろう。この歌の作者が行平か業平か、今俄に断ずることは困難だが、飯田氏は、業平が藤原氏に忌憚されて、須磨の浦に籠っている時に詠んだ歌で、さきに「身の愁へ侍りし時津の国須磨の浦といふ所に罷りて住み始めけるに」と題した「難波津を今日こそみつの浦ごとに是や此の世をうみ渡る舟」と同じ秋の詠だろうといい、兄行平中納言は藤原氏に忌憚せられたことがないばかりでなく、世に重用されて帝の優詔に与ったこともしばしばあるので、文徳天皇の御世に須磨配流のことなどあるはずがないと書いている。

飯田氏のいうように、業平に藤氏何するものぞという気概があったことは、この歌が行平作か業平作かに拘らず、宜《うべな》ってよいことだろう。むしろ業平の歌なら、その豪気さの傍証になるというものである。

紀貫之は、『古今和歌集』の「仮名序」で、「在原業平は、その心あまりて、ことば足らず。しぼめる花の色なくて、匂ひ残れるがごとし」と評した。この貫之の評は、内に溢れる感情の量と質が大きすぎて、三十一文字の和歌では表現しきれない、それはあたかも枯れ萎み色あせてしまった花であるにも拘らず、匂いだけは消えやらずに残っているようなものだ、というのである。和歌の技法上未だしといっているようだが、単純に貶している訣でもない。「心あまりてことば足らず」とは、この曰くいい難い業平の和歌への評としてふさわしいものではなかろうか。「体貌閑麗」から始まる十六文字のうち、最後に残ったのが「略無才学」である。これも国史に表れる常套句で、業平以外にもこう評された人物は何人もいる。賀茂真淵や上田秋成のように、才学有りの間違いだというのも贔屓《ひいき》の引き倒しのようだ。これは今井氏がいうように国史の薨卒伝を見ても、『才学』は、すくなくとも官人としての実務的才能や見識・手腕にはあまり関係がないらしい。それは先進文化国唐土の文化的アクセサリーにすぎず……業平の和歌に、漢詩の影響をいろいろと指摘されてもいる。からっきし学問がなかったという意味ではないことは、くりかえしていうまでもないだろう」（前掲書）。

漢詩の影響とは、例えばこんな歌である。『伊勢物語』ではこう描く。

むかし、おとろへたる家に、藤の花植ゑたる人ありけり。三月のつごもりに、その日雨そほふるに、人のもとへ折りて奉らすとて、よめる。

ぬれつつぞしひて折りつる年のうちに春はいくかもあらじと思へば

第八十段の全文である。「折りて奉らす」とある所から、藤原氏摂関家への猟官運動だとの解釈がある。一方、『古今集』にはこうある。

三月《やよひ》の晦日《つごもり》の日、雨の降りけるに藤の花を折りて、人につかはしける　業平朝臣

ぬれつつぞ強ひて折りつる年のうちに春は幾日《いくか》もあらじと思へば

比較すれば一目瞭然だが、『伊勢物語』は、この歌の背景を巧みに物語化しているのである。業平は「人につかはしける」と書いているのを、『伊勢物語』は「奉らす」と変えた。摂関家へ

の挨拶という物語にしたのである。だがこの歌を素直に読めば、猟官の臭さなどどこにもない。「春の形見をあなたに贈ろうと、雨の降る中、強いて盛りの藤の花を折り取った。今年の春はもう幾日も無いのだから」という歌意のどこに、猟官運動の卑しさがあるだろうか。

古来この歌は、『白氏文集』巻十三所収「三月三十日慈恩寺に題す」の一句「惆悵《ちうちやう》す春の帰るを留め得ざるを　紫藤の花の下漸く黄昏たり」の意を踏まえたものとする。『平安時代文学と白氏文集』で金子彦二郎氏は、この歌以外にも「おきもせずねもせで夜をあかしては春のものとてながめくらしつ」や「月やあらぬ春やむかしのはるならぬ我身ひとつはもとの身にして」など九首を比定しているが、それらがすべて漢詩の「本歌取り」かどうか、議論の余地はあろう。しかしこの一事を以てしても、業平に漢詩の造詣があったことは明らかである。

このように四つの四字句が表わす評語は、端的に在原業平という人物の像を結ばしめるといってよい。

むかし、ひむがしの五条に、大后の宮おはしましける西の対に、住む人ありけり。それを本意にはあらでこころざし深かりける人、ゆきとぶらひけるを、正月《むつき》の十日ばかりのほどに、ほかにかくれにけり。ありどころは聞けど、人のいき通ふべき所にもあらざりければ、なほ憂しと思ひつつなむありける。又の年の正月に、梅《むめ》の花ざかりに、去年《こぞ》を恋ひていきて、立ちて見、居て見、見れど、去年に似るべくもあらず。うち泣きて、あばらなる板敷に、月のかたぶくまでふせりて、去年を思ひいでてよめる。

月やあらぬ春やむかしの春ならぬわが身ひとつはもとの身にして
とよみて、夜のほのぼのと明くるに、泣く泣くかへりにけり。

（『伊勢物語』第四段）

色好みの涙である。この歌は『古今集』に採られている。詞書はもう少し簡単で、五条の太后の宮の、西の対に住む人に、忍んで通ったが、正月十日頃、梅の花盛りに姿を消してしまったので、翌年、梅の花盛りの明月の夜、西の対で去年を偲びつつ、月が傾くまで荒れた板敷きの上に伏って詠んだ、とある。それを『伊勢物語』は短篇に仕立てたのである。

『伊勢物語』の中で名場面は数々あるが、まず指を屈するのは「東下り」ではないか。「むかし、男ありけり。身を要なきものに思ひなして、京にはあらじ、東《あづま》のかたに住むべき国求めにとて、ゆきけり」で始まる第九段である。この旅には旧友何人かと連れ立って出たのである。道案内もなく、迷いながら三河の国の八橋《やつはし》という所まで来た。八橋という名は、蜘蛛の足のように八方に流れている川に、橋を八つ掛けたことによる。歌枕として名高い場所である。一行はその沢のほとりの木の陰に腰をすえて「かれいひ」を食った。「かれいひ」とは、炊《かし》いだ飯を乾し枯らした携帯食料で、水を加えれば飯に戻るのである。

その沢にかきつばたいとおもしろく咲きたり。それを見て、ある人のいはく、「かきつばたといふ五文字を句のかみにするゑて、旅の心をよめ」といひければ、よめる。

唐衣きつつなれにしつましあればはるばるきぬる旅をしぞ思ふ
とよめりければ、みな人かれいひの上に涙落してほとびにけり。

ここから更に駿河の国に至る。五月の末というのに、富士山にはまだ雪が白く積っていた。この山は京の都でいうと、比叡山を二十ばかり重ねあげたほどの高さだったと驚く。

なほゆきゆきて、武蔵の国と下総の国との中に、いとおほきなる河あり。それを角田川《すみだかは》といふ。その河のほとりにむれゐて、「思ひやれば、かぎりなく遠くもきにけるかな」と、わびあへるに、渡守、「はや舟に乗れ。日も暮れぬ」といふに、乗りて渡らむとするに、みな人ものわびしくて、京に思ふ人なきにしもあらず。さる折しも、しろき鳥の嘴《はし》と脚とあかき、鴫《しぎ》のおほきさなる、水のうへに遊びつつ魚《いを》をくふ。京には見えぬ鳥なれば、みな人知らず。渡守に問ひければ、「これなむ都鳥」といふを聞きて、
名にしおはばいざこと問はむ都鳥わが思ふ人は在りやなしやと
とよめりければ、舟こぞりて泣きにけり。

都を遠く離れた坂東の地で、隅田川のほとりに佇み、何と遠くまで来たものかと、侘しさを噛みしめながら、都に住むかれこれの人を思いやる時、体は白く、くちばしと脚の赤い鳥を見た。京では見つけぬ鳥なので、渡し船の船頭に名を問うと、都鳥という。それを聞いた業平が

「名にしおはばいざこと問はむ都鳥わが思ふ人は在りやなしやと」と詠んだので、舟の中の人たちは皆泣いたというのである。

この東下りのゆくたては、『古今集』『在中将集』『業平集』などに採られているから、『伊勢物語』の創作ではない。では、この段をどう読むか。識者の意見は大きく二つに分れている。業平足弱の公家説と、美丈夫説である。これについては、角田文衞《つのだぶんえい》氏に犀利な分析がある。角田氏は、まず業平の東下りを事実として認め、それを生母伊登内親王の薨去による服解《ふくげ》中の出来事とする。そして『朝野群載』巻二十に収める、温泉療養のための太政官符の雛型から、奈良平安時代の貴族が官費で物見遊山の旅に出られたことを論証し、業平の東下りもこの方法によったのであろうと説く。

……注意すべきは業平は決して優男ではなく、美丈夫であったと言うことである。これは『三代実録』に「体貌閑麗」と記されていること、彼の官歴が武官ないし準武官として終始したこと、相撲が強かったことなどから容易に察知されよう。小林栄子氏は、……交通の便もよほど開けたらうと思はれる鎌倉時代にすら阿仏尼が、十六夜日記のふじ河を渡つた処に、「数ふれば十五瀬をぞ渡りぬる」と嘆息してゐる位ですから、ましてそれよりも三百年も前の平安時代に殿上人が足柄山や箱根山をどうして越しましたらうか。

と述べられているが、これは二重に誤りを冒している。律令体制がまだ強く保持されていた平安時代前期の方が鎌倉時代などより遥かに交通も安全であったし、駅路も整備されていた。業平は、徒歩で旅行したのではなく、馬に乗って行ったのである。衛府の武官である業平は、乗馬や騎射は得手であったに相違ない。無論、名門に生れ、五位の中央官人たる彼は、十数人の伴を連れていた訳であるが、古代の多くの紀行文に見られる通り、こうしたお伴は、芝居の黒子《クロコ》のようなもので、文中に記載されることはないのである。（「業平の東下り」）〈文中に角田氏が引用する小林栄子氏の文は、「業平の東下り」で、大正十五年発行の『国語と国文学』第二十四号所収〉

角田氏の文中にあるように、業平はほぼ一貫して武官で生涯を通している。承和八年（841）十七歳で左近将監任官を皮切りに（十二年任官説もある）、十四年蔵人、嘉祥二年（849）二十五歳で従五位下、貞観四年（862）従五位上三十八歳、五年左兵衛権佐《さひょうえのごんのすけ》、次侍従兼任、六年左近衛権少将、七年四十一歳で右《う》馬頭《まのかみ》、十一年正五位下、十五年従四位下、元慶元年（877）五十三歳で右近衛権中将、従四位上、二年兼相模権守、三年蔵人頭、四年（880）五月二十八日、五十六歳で卒去。時に従四位上行右近衛権中将兼美濃権守だった。これが本来の業平であったとすれば、優男の業平像の多くは『伊勢物語』が創り出したといって間違いはないだろう。それはもう一つ、「みやび」という語をどう解釈するかにも関わってくる問題である。小林栄子氏の説論の前提になっているのは、業平＝殿上人＝柔弱であろうが、果して「みやび」柔弱説は成立つのであろうか。

「みやび」の極北を体現した光源氏の原像が、藤原道長、そして何よりも在原業平に多くを負っていることは間違いない事実である。

『大鏡』（道長）にこういう記述がある。

三条院の御時の、賀茂行幸の日、ゆきことのほかにいたうふりしかば、御単《ひとへ》の袖を引き出でて、御扇を高く持たせたまへるに、いと白く降り懸りたれば、「あないみじ」とて、うちはらはせたまへりし御もてなしは、いとめでたくおはしまししものかな。うへの御ぞはくろきに、御ひとへぎぬはくれなゐのはなやかなるあはひに、ゆきのいろもてはやされて、えもいはずおはしましものかな。高名の、なにがしといひし御馬《むま》、いみじかりし悪馬なり。あはれ、それをたてまつりしづめたりしはや。三条の院も、その日のことをこそ、おぼしめしいでおはしますなれ。御病のうちにも、「賀茂行幸の日のゆきこそ、わすれがたけれ」とおほせられけんこそ、あはれにはべれ。

これは三条院の御時、賀茂行幸の日のことであった。降りしきる大雪を、扇で打ち払わんとして黒い上着の下から赤い下着が見え隠れする有様が、雪の色に映えて得もいわれぬ風情だった。しかも騎乗する馬は、名高い悍馬《かんば》だったが、道長は苦も無く乗りこなしていたのである。この場面について、藤原北家、冬嗣の後裔で、昭和天皇の歌会始の講師を長く務められた坊城俊民氏は、「後世の人は道長が赤い下着を出して雪を払っているところだけを優雅と見るでしょう。

しかしその時道長は、去勢していない黒いたくましい馬を少しも騒がせずに乗りしずめていた。後世の人は雪を払う上半身は見てもその下半身は見ないわけです。〝優雅〟というものの下には荒馬を乗りこなすような荒々しさがないと、本当の意味での優雅になり得ないのではないかと思うんですけどね」（「平岡公威の花ざかりの時代」『諸君！』昭和四十六年二月号）と語っている。

道長の剛毅さについては、別に印象的な場面がある。

四条大納言のかく何事もすぐれ、めでたくおはしますを、大入道殿《おほにうだう》、「いかでかからん。うらやましくもあるかな。わがこどもの、かげだにふむべくもあらぬこそ、くちをしけれ」と申され給ひければ、中関白殿、粟田殿などは、「げにさもとやおぼすらん」と、はづかしげなる御けしきにて、ものものたまはぬに、この入道殿は、いとわかくおはします御身にて、「かげをばふまで、つらをやはふまぬ」とこそおほせられけれ。まことにこそさおはしますめれ。（同「道長」）

四条大納言とは藤原公任《きんとう》、大入道殿とは道長の父兼家である。兼家が「うらやましい。我が子どもは彼らの影さえ踏めないのが口惜《くちお》しい」というのを聞いて、道隆、道兼兄弟は面目なさげに俯くのに対して、道長は若いのにも拘らず「影など踏まず、面でも踏んでやろう」と嘯《うそぶ》いた。道長の優雅、業平のみやびの根柢には、こういう不羈《ふき》奔放が根を据えていたのである。

『伊勢物語』なる題の由来ともいわれるのが、第六十九段である。『古今集』はこの歌を採録するにあたり、長い詞書を付けている。

業平朝臣の伊勢国にまかりたりける時、斎宮《いつきのみや》なりける人に、いとみそかに逢ひて、またの朝に、人やるすべなくて、思ひをりけるあひだに、女のもとよりおこせたりける

よみびとしらず

君や来しわれや行きけむおもほえず夢かうつつか寝てか覚めてか

返し

業平朝臣

かきくらす心の闇にまどひにき夢うつつとは世人さだめよ

『古今集』（巻第十三　恋歌三）の詞書によれば、業平が伊勢の国に赴いた時、斎宮であった人と極めて内密に逢って一夜を過した。翌朝、後朝《きぬぎぬ》の思いを詠んだ歌を届ける手立てが見つからず、思案に耽っている時に、女の許から歌が届いた。その歌には、「昨夜《ゆうべ》はあなたが来てくださったのか、自分がうかがったのか、よく解らない。あれは夢だったのか、現実だったのか、寝ている間のできごとか、覚めている中でのできごとか」と書かれていた。業平の返歌は「何もかも分別がつかず、真っ暗な心の闇に惑うばかり、夢かうつつのできごとか、どちらかに決めよというなら、世の中の人に定めてもらうしかない」というのである。

この詞書を『伊勢物語』は以下のような一篇の物語に仕立て上げた。即ち業平と伊勢の斎宮恬子《やすこ》内親王との悲恋である。目崎徳衛氏は、「原業平集にあった長い詞書が、一方では要約されて古今集の詞書となり、他方では逆に敷衍《ふえん》されて、現在の伊勢物語に成長したと考えられている」（前引書）とする。

むかし男が狩の使いとして伊勢の国に行った時、斎宮の親から「通常の使いよりは丁寧に持て成せ」といってきたので、大いに労《ねぎら》った。朝には狩への出で立ちに意を尽し、夕べには自分の家に連れてきた。このように懇ろに持て成したが、二日目になると、男が「是非とも逢おう」といってきた。女も絶対に逢わないとは思っていないけれども、人目が多いので逢うことができなかった。しかし、使者の中心の人なので、離れた部屋には泊めていなかった。

女の閨《ねや》近くありければ、女、人をしづめて、子一つばかりに、男のもとに来たりけり。男はた寝《ね》られざりければ、外《と》のかたを見出して臥せるに、月のおぼろなるに、小さき童を先に立てて人立てり。男いとうれしくて、我が寝《ぬ》る所に率《ゐ》ていりて、子一つより丑三つまであるに、まだ何ごとも語らはぬに、かへりけり。男いとかなしくて、寝ずなりにけり。つとめて、いぶかしけれど、わが人をやるべきにしあらねば、いと心もとなくて待ちをれば、明けはなれてしばしあるに、女のもとより言葉はなくて、

君や来し我や行きけむおもほへず夢かうつつか寝てかさめてか

男、いといたう泣きてよめる。

かきくらす心の闇にまどひにき夢うつつとはこよひ定めよ

とよみてやりて、狩に出でぬ。

業平の歌で「夢うつつとは世人さだめよ」とある所を、『伊勢物語』では「夢うつつとはこよひ定めよ」と変えた。明確に劇化を進める意図による改変である。これにより、斎宮恬子内親王と業平の恋は、事実だと世の大方に信ぜられるようになった。賀茂真淵や上田秋成は、これを虚構として退けるが、角田文衞氏は、「斎宮・恬子内親王と業平との一夜の契りに関する諸々の伝えは、種々な角度から検討してみると、細部はともかく、大綱については史実と認めざるをえない」とする。さらに、「それは、単なる密事《みそかごと》には終わらなかった。と言うのは、内親王は一夜の契りで図らずも受胎したからである」(『王朝史の軌跡』)と断じている。この子が高階茂範に密かに貰われ、師尚《もろひさ》として成長したという奇説は平安時代からあり、目崎徳衛氏は、角田氏が斎宮殿舎の復元図を用いて詳細な考証を試みていることに魅力を感じながら、「虚構性の強い伊勢物語の記事や、平安後期の巷説の類を百パーセント信用することが、方法論的にどうしてもできない」と述べている。これが虚構か事実か、千年以上も決着がつかない問題を今断定する用意は更にないが、「業平的人間像」が齎す色好みの究極の様態として、こんなに恰好の題材は他にはあるまい。

さて、この斎宮の親は、紀静子である。静子にとって業平は、姪の夫となる。つまり静子の兄である紀有常の娘が、業平の妻であった。そして文徳天皇と静子との間にできたのが、恬子内親王と惟喬《これたか》親王である。文徳天皇の第一皇子である惟喬親王も、不遇の人であった。今でいえば、皇位継承順位第一位という所だろうが、太政大臣藤原良房が、娘である染殿の后明子《あきらけいこ》が生んだ、九歳の第四皇子惟仁親王を即位させ（清和天皇）、清和天皇の子貞明親王を皇太子に立てたことで、皇位継承の可能性は消えたのである。かくて惟喬親王は出家、洛北小野の地へ隠棲することになった。

> 正月《むつき》に拝みたてまつらむとて、小野にまうでたるに、比叡の山のふもとなれば、雪いとたかし。しひて御室《みむろ》にまうでて拝みたてまつるに、つれづれと、いとものがなしくておはしましければ、やや久しくさぶらひて、いにしへのことなど思ひ出で聞えけり。さてもさぶらひてしがなと思へど、公事《おほやけごと》どもありければ、えさぶらはで、夕暮にかへるとて、
>
> 　忘れては夢かとぞおもふ思ひきや雪ふみわけて君を見むとは
>
> とてなむ泣く泣く来にける。
>
> （『伊勢物語』八十三段）

業平が、隠棲された惟喬親王に拝顔願わんと、雪深い小野の地にあるわび住まいを正月に訪れた。つれづれに昔語りなどしてみたが、もの悲し気にしておいでになる親王をみると、御傍にいたいとは思いながら、公事をうち捨てておくわけにもいかず、夕暮に帰る際に歌を詠み、泣

く泣く帰ったというのである。この歌の意を、渡辺実氏は『伊勢物語』（新潮日本古典集成）でこう説く。「これが現実だということを忘れて、夢ではないかとわが目を疑います。このように高く積った雪をふみわけてわが君にお目にかかりに来るようになろうとは、考えたことがありましたろうか」

この歌は、『古今集』にも業平の歌として採られている。その詞書は、

惟喬親王のもとにまかり通ひけるを、頭《かしら》おろして小野といふ所に侍りけるに、正月に訪はむとてまかりたりけるに、比叡の山の麓なりければ、雪いと深かりけり。しひてかの室にまかりいたりて拝みけるに、つれづれとしていともの悲しくて、帰りまうで来てよみておくりける。

となっている。現実には帰宅してから改めて歌を詠んで贈ったのを、『伊勢物語』は親王の面前で詠んだことにしたので、物語と歌の関係に違和感が生じているのである。『評釈業平全集』による歌の解釈を意訳してみる。

「宮中の奥深き玉座のあたりで、君に見《まみ》え奉る日があるだろうと予《かね》てから思っていましたが、たいそう降りつもった雪を踏み分けつつ、薪を切る音、炭を焼く煙のほかには何もない小野の山里に分け入って、君を見奉るようなことがあろうとは、思いもかけませんでした。されば剃髪して小野の山里に隠棲されたことは、今にしてもなお現実とは思われません。いまだになお、都

にいますこととのみ覚えて、心の中も定かでないので、彼の過ぎ去りし日に、降り積もった雪を踏み分けつつ、小野の山里に君をお訪ねしたことも、君が遁世なさったことも、すべて打ち忘れ、皆ぬばたまの夢ではないかと、たいそう儚《はかな》くも疑われることです」

そして飯田氏はこう結論する。

伊勢物語には、御子の御許にて詠める事に作り変へたれば、初句忘れてはの心甚だ薄弱になりて、哀れなる節もなくいとゞ其本意を失へり。一首御子を思ひ奉るの真情言外に溢れて、口ずさむまゝにそゞろに涙もさしぐまれて感深し。さるにてもあはれ一の御子の御身にて、御性《さが》もいとゞ賢こく、父帝の御寵愛はた並びなくおはし乍ら、悲しくも時を得給はずして、御髪を下し給ひしだにあるを、炭やく賤《しず》の男、薪こる杣人《そまびと》ならでは、住付くまじき小野の山里に籠りて、此の世をば捨て果て給ひし御子の御心のうち、今にして思ひ奉るだにいとかしこきを。まして此の御子のいかで帝位にと明暮に祈りかしづきたりけむ朝臣の、いかばかりかは足ずりし歎き悲しみけむ。其かみの事ども思ひやるに、いとゞ涙もとゞめ難し。

飯田氏は、惟喬親王の不遇について、業平が足摺りして嘆き悲しんだ、と書いているが、与謝野鉄幹の「人を恋ふる歌」に、業平を詠じた節がある。この歌は曲が付けられて、旧制高校の生徒たちの愛唱歌であったというが、その一番は「妻をめとらば才たけて　顔うるはしくなさ

ける　友をえらばば書を読んで　六分の俠気四分の熱」である。そこで業平はこう詠じられた。

人やわらはん業平が
小野の山ざと雪を分け
夢かと泣きて歯がみせし
むかしを慕ふむらごころ

今この歌を歌う人はあるが、五番まで歌う人はそうはあるまい。しかし、明治の浪曼主義者鉄幹氏は、業平の歯噛み足摺りに熱烈なる共感を寄せていたのである。藤氏全盛の時代に、この歯噛み足摺りは一人業平のみの心情ではなかったろうが、業平はこんな歌も詠んでいる。

おもふこと言はで唯にぞやみぬべき我とひとしき人しなければ

自らの鬱屈を人に話しても、所詮受け容れられることはあるまい、我が心はわれ一人知るのみだから、と。この孤独の深さを抱えつつ、業平は色好みとして一生を生きた。『伊勢物語』は「むかし、男、いかなりけることを思ひける折にか、よめる」と書いて、百二十四段にこの歌を載せる。続く百二十五段が最終段である。

むかし、男、わづらひて、心地死ぬべくおぼえければ、
つひにゆく道とはかねて聞きしかど
きのふ今日とは思はざりしを

『古今集』（巻十六　哀傷歌）の巻末には、業平とその次男（もしくは三男）滋春《しげはる》の歌が並んでいる。二つながら辞世の歌である。

病して弱くなりにける時によめる　業平朝臣
つひにゆく道とはかねて聞きしかど昨日今日とは思はざりしを

甲斐国にあひ知りて侍りける人訪はむとて罷りける道中にて、俄かに病をして今となりにければ、よみて「京にもてまかりて母に見せよ」と言ひて、人につけ侍りける歌　在原滋春
かりそめの行き甲斐路とぞ思ひこし今はかぎりの門出なりけり

さて二人の色好みとして、業平に番《つが》わせるに源三位頼政を以ってすることに訝しさを感じる向きもあろうが、決してそうではない。ただ頼政といえば、まず頭に浮かぶのは鵺《ぬえ》退治であろ

う。頼政は摂津守源頼光の五代の後胤《こういん》である。頼光は「らいこう」と音読して呼ばれ、渡辺綱を筆頭とする四天王と共に、鬼退治をしたという説話で名高い人である。能楽には「土蜘蛛」の名で、頼光が家来と共に土蜘蛛を退治する演目があり、源氏重代の太刀膝丸《ひざまる》で大蜘蛛を斬ったことから、この太刀を蜘蛛切と名付けたとする。このように頼光は名将の誉れ高い多田源氏の統領として、正四位下内蔵頭《くらのかみ》に昇ったが、頼政は保元の乱には先駆けし、平治の乱でも天皇方に馳せ参じたけれども、さしたる恩賞には与らず、いたずらに年を取るばかりだった。その老境に至った時、大内裏の守護に任じて久しいのに、未だ昇殿の沙汰がないことを嘆じて一首の歌を詠んだ。

「人知れず大内山のやまもりは木がくれてのみ月を見るかな」

この歌一首で、ついに昇殿を果したというのである。頼政は、仁安三年（1168）に従四位上に昇った後、従三位に昇任したのは十年後の治承二年だった。この時も歌を詠んで三位になった。

「のぼるべきたよりなき身は木のもとにしゐをひろひて世をわたるかな」

木に登る手づるがないこの身だから、せめて大木の下で椎の実を拾いつつ世をわたるのみですという歌意で、のぼるに昇進を、椎に四位を掛けている。この時七十五歳、以後、源三位頼政と呼ばれるようになるのである。

その頼政が鵺を退治したのは近衛院の御世である仁平年間（1151〜1154）のことである。東三条の森から黒雲が寄せてきて、御殿に覆いかぶさると、帝が夜な夜なおびえさせ給うのだという。密教の秘法をいろいろ修せられたが効果はなかった。そこで、かつて八幡太郎義家が鳴弦《めいげん》の法によって、時の堀河天皇の御悩を治められた古事に倣い、頼政が呼ばれたのである。

頼政は「自分が武勇の家に生れて、他の人を差し置いてお召を受けることは当家の面目ではあるけれども、我らが朝家に仕えるのは、逆臣を退け、違勅の者を滅ぼすためであって、変化《へんげ》の類を退治するためではあるまいが」と呟きながら参上した。そのいで立ちは、浅葱《あさぎ》の狩衣に滋籐《しげどう》の弓を持ち、山鳥の尾で矧《は》いだ尖り矢二筋を取り添えて、日ごろ信頼する郎等である猪の早太という者に黒母衣《くろほろ》の矢を負わせ、ただ一人召し連れていた。

人びとが寝静まった夜更けに、果して東三条のあたりから黒雲が一叢《むら》出で来て、御所の上にたなびいた。

雲のうちにあやしき、ものの姿あり。頼政、「これを射損ずるものならば、世にあるべき身ともおぼえず。南無帰命頂礼、八幡大菩薩」と心の底に祈念して、とがり矢を取つてつがひ、しばしかためて、ひやうど射る。手ごたへして、ふつつと立つ。やがて矢立ちながら南の小庭にどうど落つ。早太、つつと寄り、とつて押さへ、五刀《いつかたな》こそ刺したりけれ。そのとき、上下の人々、手々に火を出だし、これを御覧じけるに、かしらは猿、むくろは狸、尾は蛇《くちなは》、足、手は虎のすがたなり。鳴く声は、鵺にぞ似たりける。

泣く声が鵺に似ていたという「鵺」とは、夜、口笛に似た声で鳴く虎鶫《とらつぐみ》という鳥で、その声を不吉として忌んだ。主上は御感のあまりに「獅子王」という名剣を下賜された。左大臣の藤原頼長がこれを取次いで頼政に与えたが、その時、「ほととぎす雲居に名をやあぐるらん」と詠みかけた。季節は四月初めのこととて、空にほととぎすが二声三声鳴きつつ飛んでいた。頼政は、右の膝をつき、左の袖をひろげて、月を見上げるようにしながら弓をわきに挟みつつ、「弓張り月のいるにまかせて」と下の句をつけたのである。この顚末の一部始終を、君臣共に「弓矢の道に長ずるのみならず、歌道もすぐれたりける」と感心したと、『平家物語』にある。

頼政の武将歌人らしい歌を引いてみようか。

花咲かば告げよといひし山守の来る音すなり馬に鞍置け

この歌は、辞世とされる「埋木の花さくこともなかりしにみのなる果てぞかなしかりける」と共に、頼政の歌集中最も人に知られた作であろう。歌人の川田順氏は、この歌を評して「いかにも武将の花見らしく颯爽としている。大宮人の歌よみには真似もできない。治承挙兵の際に近衛河原の館に火を放った時も『鞍置け』と叫んだに相違ない」（『源三位頼政』）と誉めている。謡曲「鞍馬天狗」にこの歌を引いて「花咲かば告げんといひし山里の使は来たり馬に鞍」という一節があり、時代小説で武士が蹣跚《まんさん》と歩きつつ、これを微吟する場面が出てきたりするが、川田氏は「とんでもない改悪だ。謡い物だから口ざわりが滑らかならば宜しいと云うわけか」と毒づいているのが微笑ましい。

他にも桜を材とした佳い歌がある。

深山木のその梢とも見えざりし桜は花にあらはれにけり
くやしくも朝ゐる雲にはかられて花なき嶺に我はきにけり
あふみ路や真野のはまべに駒とめて比良の高根の花をみるかな

二首目の歌は、「花咲かば」の歌で勇躍して馬を馳せんとする勇将の姿とは別して、自らの早合点で、「花なき嶺」に来てしまったしくじりを悔しがっている頼政の姿が、何ともユーモラスで読者の笑いを誘う。

「老後見花」と詞書がある歌に「同じこころを」と続けた三首。

古はいつもいつもと思ひしを老いてぞ花に目はとまりける
これ聞けや花みる我を見る人のまだありけりとおどろきぬなり
いりかたに成りにけるこそ惜しけれど花やかへりて我を見るらん

小林秀雄氏に「花見」と題する随筆がある。出版社の講演旅行で、講師の一員として東北に出かけた折の感懐である。山形県の酒田の宿で、独り酒を飲みつつ長押《なげし》の扁額に目を遣った。画家の中川一政氏の書で、和歌と漢詩が書かれていた。

み山木のその梢とも見えざりし桜は花にあらはれにけり　源　頼政
馬上少年過　世平白髪多　残軀天所許　不楽復如何　伊達政宗
散り残る岸の山吹春ふかみ此ひと枝をあはれといはなむ　源　実朝

私は繰返し読んでゐた。無論、歌としては、実朝のものがずば抜けてゐるだらう。しかし、かうして三人の武将の正直な告白を、並べて眺めてゐると、どうも実朝ばかり贔屓にしてはゐられない気持ちになつて来る。実朝は鶴ケ岡で殺されたが、頼政は平等院で自害した。その辞世は有名である――「埋木の花さく事もなかりしに、身のなるはてぞ悲しかりける」。乱戦のさ中に、歌など詠めたとも覚えぬが、恐らく、この歌好きは、平素から案じてゐた一首を思ひ出したのであらう、あはれである、と「源平盛衰記」の作者は言つてゐる。この弓の上手は、弓だけで出世は出来ぬと悟つて、懸命に歌を詠んだが、桜は花にあらはれず終つたらしい。彼の抱いた憂悶の情は、実朝と同じやうに、生涯霽《は》れる機がなかつたであらう。

政宗は、大往生をとげた成功者のやうだが、彼の詩には亦彼のあはれが浮んでゐるやうに見える。

……「残軀は天の許すところ」――彼が残軀といふ言葉を思ひ附いた時、この言葉は、彼の心魂に堪《こた》へたであらう。この詩の季を春としても差支へあるまい。残軀は桜を見てゐたかもしれない。「楽しまずんば復如何《また》せん」

この後小林氏は、こう考えた。中川さんはただ好きな歌を思いつくままに書き連ねたのかもしれないが、自分はこの扁額を肴に飲んでいるうちに、三人の心が互いに相寄って、一幅の絵を成すような感に捕えられた、と。そして、

これを領するものは、飾り気のないあはれとも言ふべきもので、一種清々しい感じなのだが、そのイメージは描けない。酔眼を閉ぢると、春が来て、斑雪《まだらゆき》を乗せ、海に臨んだ鳥海山の昼間見た姿が眼に浮んだ。やがて、会場に呼ばれたが、講演にはひどく不都合な気持ちであつた。鳥海山が離れない。これは弱つたと思つてゐると、えゝ、只今、伊達政宗の詩を読んでをりまして……と口に出て了つた。楽しまずんば復如何せんと繰返したが、もう言ふ事がない。仕方がないから、いゝ文句ですな、といつて黙つて了つた。聴衆は笑ひ出した。私は、笑はれて、やつと気を取直した。

ここから小林氏は、かつて赴いた信州高遠城址の「血染めの桜」の、名にそぐわぬ優しさと艶かしさに言及し、次の講演会場である弘前で、見事な満開の桜に出会うのである。講演は無事果し終えた。

外に出ると、たゞ、呆れるばかりの夜桜である。千朶《せんだ》万朶枝を圧して低し、といふやうな月並な文句が、忽ち息を吹返して来るのが面白い。花見酒といふので、或る料亭の座敷に通ると、障子はすつかり取払はれ、花の雲が、北国の夜気に乗つて、来襲する。「狐に化かされてゐるやうだ」と傍の円地文子さんが呟く。なるほど、これはかなり正確な表現に違ひない、もし、こんな花を見る機は、私にはもう二度とめぐつて来ないのが、先づ確実な事ならば。私は、そんな事を思つた。何かさういふ気味合ひの歌を、頼政も詠んでゐたやうな気がする。この年頃になると、花を見て、花に見られてゐる感が深い、確か、そんな意味の歌であつたと思ふが、思ひ出せない。花やかへりて我を見るらん、――何処で、何で読んだか思ひ出せない。（「花見」）

小林秀雄という人は、日本中の名物桜を見尽そうという気概の人だった。そんな小林氏だからこそ、頼政の歌に感応したのであろう。

「いりかたに成りにけるこそ惜しけれど花やかへりて我を見るらん」

「老後に花を見る」という詞書に見える通り、これは老境に入った頼政が詠んだ歌である。小林氏が「花見」を書いたのも六十三歳だった。

桜という花を見るのに、一種狂気の如き、酩酊の如き様相を呈する、日本人の代表二人といってよかろうか。

このように文武の道で名を挙げた頼政だが、もう一つ、色好みという「名誉」もある。川田氏は、「頼政の歌の最も面白いのは『恋』の部であって、それらを『詞書』と共に味読しなければならぬ」といっている。

物申しそめて後二三日おとづれ侍らざりしを、小侍従かのもとよりいひ遣したりしとへかしなうき世の中にありありて心をつくる恋の病ひを

返し

生かば生き死なばおくれじ君ゆゑに我もつきにしおなじ病ひぞ

小侍従と頼政との贈答歌はかなりある。初めて関係した時、二三日頼政から連絡がなかったのを憾《うら》んだ小侍従が贈った歌に、頼政が返した歌である。生きるにつけても死ぬにつけても、決して遅れはしませんよ、自分も恋の病に落ちこんでいるのだから、との意である。この時、小侍従は五十がらみ、頼政は六十歳を過ぎていたという。もう一つ。

此暮にと契れる女のもとにさはることありておとづれ侍らで、次の日人をつかはして過ぎぬる夜はあしわけなることのありしなり、今夜はかならずまてとたのめつかはしたりしに返しにことばはなくて

小侍従

筏《いかだ》おろす杣山河のあさきせはまたもさこそはくれのさはらめ

返し

昨日より涙おちそふ杣河のけふはまさればくれもさはらじ

昨日約を違えて訪ねられなかった、今日は必ず行くから待っていてくれと使いを出したが、返事はなく歌一首が齎されたのである。川の水が少いのはあなたの情が薄いから、筏が動かないのだといって来たのに、昨日から流した涙で川水が増えているから、筏は十分行きつけるよと頼政は返歌した。色事にからむ贈答歌は、例え優雅の衣をまとっているにせよ、感情の遊戯性から逃れることは出来ない。そこには当然恋の手管の優劣が、互いの駆引きになる。当時小侍従の色好みは知られており、頼政もそれに劣らぬ強者だったのである。

『古今著聞集』（巻第八　好色）に、小侍従の有名な挿話が出ている。「後白河院の御所にして小侍従が懺悔《ざんげ》物語の事」がそれである。院の御所で近習の公卿両三人と女房達が雑談をしていた時、後白河院が、「自分自身で忘れることができない秘密の事を、懺悔のつもりで各々が話すように」と仰せられた。法皇から順番に話されて小侍従の番になった時、「さあ、あの小侍従のことだ、きっと艶めいた話があるに違いない」と、周囲は期待した。小侍従は笑いながら、「沢山ありますよ。中でも生涯忘れがたいみそか事があるのです。まことに死後の妄執にもなりそうですから、御前で懺悔することができれば、罪も軽くなることでございましょう」と前置きしてから話し出した。

「ずっと昔、ある所から迎えの車が遣わされたことがあった。心の底から思い焦がれていた方なので、さてどうすればよいか思いあぐねていたが、月は冴えわたり、風は寒し、夜も更け行くこととて、想いは乱れ、心もとなさも限りがない中で、車の音が遥かに聞えてきた。ああ、この音が迎えの車かと、胸が打ち震えていると、からりと車が門内に入ってきたので、心も上の空のように体裁も構わず急いで車に乗った」

さて行きつきて、車寄せにさしよするほどに、御簾のうちより、にほひことにて、なえらかになつかしき人出でて、すだれ持てあげておろすに、まづいみじうらうたく覚ゆるに、立ちながらきぬごしにみしといだきて、「いかなるおそさぞ」とありしことがら、なにと申しつくすべしともおぼえ候はず。

さて、しめやかにうち語らふに、長夜もかぎりあれば、鐘の音もはるかにひびき、鳥の音もはや聞ゆれば、むつごともまだつきやらで、あさ置く霜よりもなほ消えかへりつつ、おきわかれんとするに、車さしよする音せしかば、たましひも身にそはぬ心地して、我にもあらず乗り侍りぬ。

王朝時代の情事の行立が、手に取るようにわかる記述である。帰宅してから小侍従は、二度寝もままならず、飽かぬ名残りの夢に耽ることもできず、ただ世にも珍しい薫物の移り香を形見のようにして、物思いに沈んでいた。

その夜しも、人に衣置きかへられたりしを、朝にとりかへにおこせたりしかば、うつり香の形見さへまたわかれにし心のうち、いかに申しのぶべしともおぼえず、せんかたなくこそ候ひしか。

ここまで小侍従が語ってきた時、法皇も周りの人々も、「さぞかしつらかったであろう。このうえは、その相手の名を明かしなさい」と口々に仰せられたが、小侍従は、「それはどうしても申し上げることができない」と拒んだ。ところが「それでは懺悔の本意に適うまい」と法皇が仰せられた。

小侍従うちわらひて、「さらば申し候はん。おぼえさせおはしまさぬか。君の御位の時、その年その比、たれがしを御使にてめされて候ひしは、よも御あらがひは候はじ。申し候ふむねたがひてや候」と申したりけるに、人々とよみにて、法皇はたへかねさせ給ひて、にげいらせ給ひにけるとなん。

お忘れになっていたのか、惚けてやり過ごそうとされたのか、いずれにしてもここまで明かされては法皇も詮方なく、逃げ去らざるを得なかったというのが結末である。小侍従の面目躍如たる場面であろう。

「待宵《まつよい》の小侍従」の呼名でも知られる小侍従は、平安末期から鎌倉時代の初期にかけて、殷富《いんぷ》門院大輔《もんいんのたいふ》と共に女流歌人として名高かった。命名の由来はこうである。

あるとき、大宮の御前にて「待つ宵と帰る朝《あした》とは、いづれかあはれはまされるぞ」と御たづねありければ、いくらも侍はれける女房たちのうちに、かの女房、

待つ宵のふけゆく鐘のこゑきけば
あかぬ別れの鳥は物かは

と申したりけるゆゑにこそ「待つ宵の侍従」とは召されけれ。背《せい》のちひさきによつてこそ「小侍従」とも召されけれ。

（『平家物語』巻第五　月見）

こういう才色兼備の女人として、小侍従は後白河院を始め、薩摩守平忠度《ただのり》、藤原隆信、そして頼政とも濃密な交情があったのである。川田氏は、頼政の歌の相手は、年増女が大部分だといっている。歌集の中に三十歳以前の作がなく、大方は五十、六十以後の作だからだ。そして小侍従とも幾たびか断絶しながら、頼政が死ぬ頃まで縁は続き、その時小侍従は六十歳近い年齢だったからすさまじい、と感を深くしている。

一方の頼政も負けていない。「人しれず心がけたる女のもとより、ずずを乞ひにつかはしたりしかば遣はすとて」との詞書のあとに、「思ふこと下にもまるるまろずずの露ばかりだに叶はましかば」と詠んで与えた。「ずず」とは数珠のことである。この歌に対する川田氏の釈が面白い。「……この歌の女は、もしかすると尼君であったかも知れぬ。頼政はすきもので、女と見れば尼

でもよかったのかも知れぬ。それにしても数珠一連で女の情にあずかろうとは、源氏の大将にしてはけち臭い」と。そういう頼政の恋と涙の歌を見てみよう。

せめてうらめしき人のもとへつかはしける

聞きもせじわれも聞かれじ今はただひとりひとりが世になくもがな

忍びてもの申す女の、夜ふけて逢ひたるに、廿三日の月、山の端より出でたるを見て

見よかしなはつかあまりの月だにも今まで人に待たれやはする

人はいさあかぬ夜床にとどめつる我が心こそ我を待つらめ

わぎもこが裳裾になびく黒髪の長くやものをおもひみだれむ

あじきなし今は思はじと思へどもものの憂かる音になほぞ泣かるる

ある宮仕人を呼び出すとて木蔭に立ちかくれて侍りしに、時雨のして、しづくのおちかかり侍りしかば

君まつとたてる木かげの雫さへ涙につれておつと知らなむ

ある宮ばらの女房をむかへにつかはしたりしに、あか月に成りてまうできたりしかば
ことしげき大宮人をまちまちて逢ふほどもなく明くるしののめ

女のうちとけたる所におし入りて侍りしに、さわぎてはかまを着けるを見て
何かその君が下紐むすぶらむ心し解けばそれもとけなむ

建春門院北面歌合に　臨期違約恋
いかにこは下裳の紐をときかけて思ひかへつつ又むすびつる

終りの歌二首は、王朝の雅というには露骨であり、さりとて万葉調の自然とも異なる一種諧謔とでもいうべき味があるではないか。頼政という男の持つ複雑さは、こういう歌にも現れているといえよう。その頼政が、後白河法皇の第二皇子である以仁王《もちひとおう》の令旨《りょうじ》に応えて、平家打倒の兵を挙げたのは、治承四年（1180）五月十六日、近衛河原の自邸に火をかけ、三百騎を率いて以仁王のおわす三井寺へ馳せた。事は十四日に露見していたので、十分な準備が整わない中での挙兵であった。平家全盛の世、都の近傍には令旨に呼応する兵力が足らず、三井寺の僧兵も頼みの柱には不足と見て、南都の興福寺を恃まんと頼政は図るが、途中の宇治で平家の軍勢に追い付かれた。

平等院に陣取った頼政の出で立ちは、長絹の直垂《ひたたれ》に科革縅《しながわおどし》の鎧着て、わざと兜は着けなかった。ここを最期と覚悟していたからである。科革縅とは、羊歯《しだ》革縅の訛りで、地は藍色、羊歯の葉を白く抜いた皮紐で威した鎧だという。門前の宇治川に架かる橋を挟んで、両軍の強者が奮闘するが、衆寡敵せず、平家の軍勢が渡河に成功し、平等院の門から攻め入った。

宮を南都へ先立てまゐらせて、三位入道以下残りとどまつて、ふせぎ矢射けり。三位入道八十になりていくさして、右の膝口射させて、「今はかなはじ」とや思はれけん、「自害せん」とて、平等院の門のうちへ引きしりぞく。敵追つかくれば、次男源大夫判官兼綱、紺地の錦の直垂に緋縅の鎧着て、白葦毛なる馬に沃懸地《いつかけじ》の鞍置いて乗りたりけるが、中にへだたり、返しあはせ、返しあはせ、戦ひけり。上総守、七百余騎にてとり籠めて戦ひけるに、源大夫判官十七騎にて、をめいて戦ふ。

（『平家物語』巻第四　頼政最後）

頼政の次男兼綱は果敢に戦うが、平家の先陣上総守忠清に内兜を射られてひるむところを、上総守の近習が馬を押し並べて組み付き、二人して落ちた。兼綱は負傷していたが屈せず、その近習の頸を掻き切ったが、平家の軍兵が我も我もと折り重なって、討たれてしまう。公家の日記である『玉葉』や『山槐記《さんかいき》』によれば、頼政方は五十騎余、平家方は三百騎ほどだが、渡河後、平家の進軍が止まるほどの激闘であったという。

三位入道は、釣殿にて長七唱《ちやうじつとなふ》を召して、「わが首取れ」とのたまへば、唱、涙を流し、「御首、ただいま賜はるべしとも覚えず候。御自害だに召され候はば」と申しければ、入道、「げにも」とて、鎧脱ぎ置き、高声に念仏し給ひて、最後の言こそあはれなれ。

むもれ木の花さくこともなかりしに
みのなるはてぞかなしかりける

と、これを最後のことばにて、太刀のきつ先を腹に突き立て、たふれかかり、つらぬかれてぞ失せ給ふ。

この時に歌など詠める暇はなかったろうに、若い頃から熱心に歌の道に励んできたのだから、最期に臨んでも忘れなかったのだろうと、『平家物語』には書かれている。頼政の首は、唱が泣く泣く掻き落し、直垂の袖に包み、石に括り付けて宇治川の深いところに沈めたのである。享年七十七。

このように頼政の最期は敗軍の将とはいえ、源氏の武将として立派に散ったのだった。

埋木の花さくこともなかりしにみのなる果てぞかなしかりける

辞世の歌としても見事な歌である。山間か谷間の果てか、人に知られず生い立った老木で、世に名が立つような花も咲かなかったが、今このような成り行きで果ててしまうのが何とも悲しいことである、と。植物の実と自分の身、成ると生るとを掛けていることはいうまでもない。川田氏は「後世の我等から観ると決して埋木ではなかった。華々しい戦争を幾度か体験した。美女と享楽した。不滅の名吟を多く遺した」と総括している。先に引かなかった名吟の中から、武将の歌にふさわしいものを挙げておく。

鳴きくだれ富士の高嶺のほととぎす裾野の道は声もおよばず
忍び妻帰らむあともしるからし降らばなほ降れ東雲《しののめ》の雪
なごの海潮干《しほひ》潮満《しほみ》つ磯の石となれるか君が見え隠れする
折りくだるつま木こる男《を》にもの申すかの峯なるは雲か桜か

第五章　木曾義仲——猛将の涙とその運命

木曾義仲（徳音寺所蔵）

『平家物語』の見せ場は数々あろうが、源義仲が討死する「義仲最後」は、中でもまず指を屈する名場面であろう。木曾義仲と呼びならわす源義仲は、八幡太郎義家の四男為義《ためよし》（孫とする説もある）の次男義賢《よしかた》の次男である。為義の嫡男は義朝、その子が頼朝であるから、頼朝と義仲は従兄弟同士であった。

義仲は、父義賢が義朝の嫡男である悪源太義平《よしひら》に討たれた「大蔵合戦」の後、乳母の夫である中原兼遠《かねとお》の住地木曾宮ノ越（長野県木曽郡）へ移り、そこで養われた。義賢は皇太子の警護役である帯刀先生《たちはきせんじょう》として、後に近衛天皇となる体仁《なりひと》親王を警護し、上野《こうづけ》や武蔵に勢力を張っていた。大蔵館は武蔵国比企《ひき》郡（埼玉県比企郡）にあった義賢の館で、義朝と義賢という兄弟間の勢力争いの果ての死である。この時二歳だった義仲は、畠山重能《しげよし》から斎藤実盛《さねもり》に託され、実盛が中原兼遠の許に送り届けたのである。義仲の股肱《ここう》として名高い樋口兼光《かねみつ》、今井兼平《かねひら》は、共に中原兼遠の子息である。

この木曾宮ノ越は、東山道の要地であった。樋口兼光や今井兼平は、義仲とほぼ同年配である（兼光の生年は不詳、兼平は義仲より二歳年長という）。三人は兄弟のようにして育った。後年主従として死を共にするのも、当然と思えるほど仲が良かったらしい。
治承四年（1180）四月、以仁王の令旨を奉じて、源三位頼政が平家追討の兵を挙げる。義仲の長兄であった仲家《なかいえ》は、「大蔵合戦」の後、頼政の養子になっており、頼政と行を共にするが衆寡敵せず、頼政とその嫡子仲綱《なかつな》ともども討死した。

三男六条の蔵人仲家、その子蔵人太郎仲光《なかみつ》も一所にて腹かつ切つてぞ伏しにける。この六条の蔵人と申すは、六条の判官為義が次男帯刀先生義賢が子なり。父義賢は、久寿二年、武蔵の国大倉にて、鎌倉の悪源太義平がために討たれぬ。そののちみなし子にてありしを、源三位入道、子にして、蔵人になしたりしほどに、日ごろのちぎりを変ぜず、今はか様に討死しけるこそ、弓矢取りのならひとはいひながら、あはれなりし事どもなり。
（『平家物語』巻第四　頼政最後）

以仁王の挙兵に義仲は間に合わなかったが、この時二十七歳だった。河内源氏の嫡流として逞しく育っていたのである。

やうやう人となるままに、力も世にすぐれて強く、心も並ぶ者なし。つねには「いかにもして平家を滅ぼして、世を取らばや」なんどぞ申しける。兼遠おほきによろこんで、「その料にこそ、君をばこの二十四年養育申し候へ。かく仰せられ候ふこそ、八幡殿の御末とはとぞおぼえさせ給へ」と申しければ、木曾、心いとどたけくなつて、根の井の大弥太滋《しげ》野《の》の幸親《ゆきちか》をはじめとして、国中の兵《つはもの》をかたらふに、一人もそむくはなかりけり。上野の国には、故帯刀先生義賢のよしみによつて、那波《なは》の広澄《ひろずみ》をはじめとして、多胡の郡の者ども、みなしたがひつく。「平家末になるをりを得て、源氏年来の素懐をとげん」と欲す。

（同　巻第六　義仲謀叛）

このようにして義仲が兵を挙げた時、その噂は早くも都に達していた。木曾という所は、信濃の南の端であり、美濃との国境である。京の都にも近いので、平家の人々はどうなるのかと騒いでいたが、清盛は「さしたることはない。信濃の武士たちが義仲に靡こうとも、越後には平維茂《これもち》の末裔である城の太郎資長《すけなが》、四郎資茂《すけもち》がいて、兄弟共に多くの軍勢を抱えている。号令一下、必ず打ち取って呉れよう」と豪語したが、疑問の声は少くなかった。そうこうしているうちに、東国、北陸から南海道、九州まで、反平家の火の手は全国で広がってきたのである。

折も折、入道相国平清盛が病に倒れる。「身のうちのあつきこと、火をたくがごとし。臥したまへる所、四五間がうちへ入る者は、あつさ堪へがたし」。石の水槽に比叡山の千手井から汲んできた冷水を満たし、その中に浸かって体を冷やしたが、水が沸き上がって湯になるほどだった、と『平家物語』にある。加持祈禱も含めて様々に治療を施したが甲斐なく、月が替った閏二月四日、清盛は死んだ。

以仁王の挙兵から清盛の死去に至る間の両陣営の動きを見ると以下の如くである。治承四年五月に頼政の敗死があり、八月、頼朝が伊豆に挙兵したが、石橋山で敗れる。九月、義仲信濃に挙兵、十月、頼朝の再挙が成り、鎌倉に入った。同じく十月、義仲が亡父義賢の根拠地である上野の国多胡荘に入り、十二月、平重衡《しげひら》が南都を攻め、東大寺、興福寺を焼く。同月、義仲信濃に帰る。翌五年閏二月、清盛死去。

この間、頼朝の軍勢が整わぬうちにと、平家は大将軍に清盛の孫（嫡男重盛の息）維盛《これもり》を任じ、副将軍に清盛の末弟である薩摩守忠度を当て、東国へ下向させた。その勢三万余騎という。

（維盛）生年二十三、容儀《ようぎ》帯佩《たいはい》絵にかくとも筆もおよびがたし。重代の鎧「唐皮《からかは》」といふ着《き》背長《せなが》を、唐櫃《からうと》に入れて舁《か》かせらる。赤地の錦の直垂に、萌黄縅《もえぎをどし》の鎧着て、連銭葦毛《れんぜんあしげ》なる馬に黄覆輪《きぶくりん》の鞍置いて乗り給へり。

副将軍薩摩守忠度は、紺地の錦の直垂に、唐綾縅の鎧着て、黒き馬のふとくたくましきに、沃懸地の鞍置いて乗り給へり。馬、鞍、鎧、太刀、刀にいたるまで、てりかがやくほど、いでたたれたりしかば、めでたき見物なり。

（同　巻第五　平家東国下向）

平家の公達維盛も忠度も、かくも美々しく武装して源氏討伐に勇躍して赴いたのである。そして駿河の国清見が関に着いた時、軍勢は七万余騎に膨れ上っていた。その先陣は蒲原《かんばら》や富士川に達していたが、後陣はまだ手越《てごし》（静岡市内）、宇津の谷（宇津ノ谷峠）に留まっていた。維盛は侍大将の上総守忠清を呼び、「足柄峠を越え、坂東にて戦をしよう」と迫ったが、忠清はすぐには肯ぜず、福原を出発した時、（清盛）入道殿は「戦のことは忠清にすべて任せよ」と申された。坂東八か国の兵《つわもの》どもはみな頼朝に従い、何十万騎かになっているだろう。味方は七万余騎とはいっても、諸国から寄せ集めたもので、馬も人も疲れ果てている。伊豆、駿河の軍勢さえ、まだ参陣していない有様なので、富士川を防禦の陣として、味方の軍勢の到着を待つべしと、維盛に言上した。

一方、頼朝は足柄山をうち越えて、駿河の国木瀬川《きせ》に着陣、浮島が原（愛鷹《あしたか》山の南麓）に勢揃いした時、二十万騎になっていた。これを聞いた忠清は、「あゝ、大将軍宗盛公が心の、なんという悠長さよ、せめて一日でも早く討手を下されていれば、そして足柄山をうち越えて八か国に御出陣あったならば、畠山、大庭《おおば》らの一族兄弟が馳せ参じていただろう、そうすれば坂東には、靡かぬ草木も無かったであろうに」と後悔したが後の祭りであった。ここに及んで維盛は、東国の事情通として斎藤別当実盛《さねもり》を召し出して問うた。「やや、実盛。なんぢほどの強弓精兵、坂東にはいかほどあるぞ」

実盛あざ笑ひて申しけるは、「さては、それがしを大矢とおぼしめし候ふか。わづかに十三束こそつかまつり候へ。実盛ほど射候ふ者は、坂東にはいくらも候。大矢と申す定の者、十五束に劣つて引くは候はず。弓の強さも、したたかなる者五六人して張り候。かかる精兵どもが射候へば、鎧二三領もかさねて、やすう射とほし候ふなり。大名一人には、勢の少なき定、五百騎には劣り候はず。馬に乗りつれば、落つる道を知らず。悪所を馳すれども、馬を倒さず。いくさはまた、親も討たれよ、子も討たれよ。死すれば、乗りこえ、乗りこえ戦ひ候。西国のいくさと申すは、親討たれぬれば、孝養し、忌《いみ》はれて寄せ、子討たれぬれば、その思ひ嘆きに寄せず候。兵糧米尽きぬれば、その田をつくり、刈り収めて寄せ、夏は暑しといとひ、冬は寒しときらひ候。東国にはすべてその儀候はず。甲斐、信濃の源氏ども案内は知つて候、富士の腰より搦手《からめて》にやまはり候ふらん。かう申せばとて、君を臆せさせまゐらせんとて申すにはあらず。いくさは勢にはよらず、はかりごとによるとこそ申しつたへて候へ。実盛、今度のいくさに、命生きてふたたび都へ参るべしともおぼえ候はず」と申しければ、兵どもこれを聞いて、みなふるひわななきあへり。

（同　巻第五　富士川）

坂東武者と西国武士との対比を論じて、古来有名な場面である。維盛が、実盛に並ぶほどの強弓を引く強者はどれほどいるのかと問うた時、実盛は、自分が引くのは高々十三束の矢で、大矢というのは十五束以上の長さをいうのだと答えた。通常の矢は十二束、鎮西八郎為朝は、三人張りの強弓に十八束の矢を番えて射たと、『保元物語』にある。ちなみにわが手で測ってみると、十三束は三尺三寸、およそ一メートル、十五束は三尺八寸強、一メートル十五センチである。それでは為朝の矢はどうかというと、十八束とは、一メートル三十八センチ強になるのである。この長さは事実なのか、それとも『保元物語』の舞文曲筆か。いずれにしても『保元物語』に描かれた為朝の姿は、人間離れした豪傑で、それが読者をしていかにもと納得させる記述になっていることは事実である。そしてこれが坂東武者の典型として、西国武士たちに恐怖心を植え付けたのだった。

さて翌日は源平富士川に矢合せせんと定まった夜、付近の住民が避難のために右往左往している光景を見た平家方は、源氏の戦支度と騒ぎ立てた。その疑心暗鬼が、水鳥の大群が一斉に飛び立つ羽音を、源氏の軍勢が攻め寄せた鬨《とき》の声と誤認、大潰走を引き起したのである。ここを死処と覚悟していた実盛だったが、敗軍の将と共に生き残り、白髪首として名を残すのは、三年後の寿永二年（1183）五月のことである。

平家は各地に転戦を重ねたが利あらず、南都も叡山も熊野も吉野も、有力な寺社はみな平家を見限った。この頃木曾義仲は、東山道、北陸道を討ち従えて、今にも都へ攻め込まんとする勢いだった。北陸の義仲を討つべく、平家は大軍を組織する。大将軍は小松の三位の中将維盛、副将軍には越前の三位通盛《みちもり》、小松の少将有盛《ありもり》、薩摩守忠度、能登守教経《のりつね》ら、そして侍大将には上総の太郎判官忠綱《ただつな》、俣野の五郎景久《かげひさ》、斎藤別当実盛、悪七兵衛景清《かげきよ》らである。総勢十万余騎、寿永二年四月十七日に都を発った。

迎え撃つ義仲は信濃に身を置きながら、越前の国火打が城を構築して待ち受けていた。城将は平泉寺の長吏斎明《さいめい》威儀師である。平家の先陣が押し寄せたが、山と川に守られた堅城は容易に落ちず、寄せ手は空しく日を送るばかりだった。ところが斎明が心変りして平家に内通、城の弱点を記した矢文を打ち込み、せき止めた川の水を落させた。かくて火打が城は陥落したのである。

松尾芭蕉に、「燧山《ひうち》」と題して「義仲の寝覚の山か月悲し」という句がある。『奥の細道』では、「漸《やうやう》白根が嶽かくれて、比那《ひな》が嵩《だけ》あらはる。あさむづの橋をわたりて、玉江の蘆は穂に出にけり。鶯《うぐひす》の関を過て、湯尾《ゆのを》峠を越れば、燧が城、かへるやまに初鴈《はつかり》を聞て、十四日の夕ぐれ、つるがの津に宿をもとむ」と出る部分だが、『奥の細道』として纏められた時、この句は採用されなかった。山本健吉氏は『芭蕉全発句』で、「燧山は湯尾峠の南東にあり、木曾義仲の城跡である。峠から燧山を遠望して、義仲の寝覚めの山か、と言ったもの。いわば『歌よりも軍書にかなし』である」とする。芭蕉は義仲の墓の隣に埋葬されることを望んだほど、義仲を哀惜していた。この紀行中、芭蕉は各地で月を詠んだ句を作っているが、燧山の月に義仲の何を偲んだのであろうか。

五月八日、平家は加賀の国篠原に勢揃いし、軍を二手に分けて先陣七万余騎を加賀と越中の国境にある砺波《となみ》山へ、搦手軍を能登と越中の境にある志保坂《しほざか》へ向わせた。一方、義仲は越後の国府より五万余騎を率いて出陣、全軍を七手に分けて、自身は一万余騎にて砺波山の北、埴生《はにゆう》に陣を張った。互いに小競り合いを繰り返していたが、日が暮れ始めた頃、倶利伽羅《くりから》峠の不動を祀る堂の辺りで、一万余騎が箙《えびら》の方立《ほうだて》を一斉に打ちたたき、天地を響《とよ》動もす鬨の声を作る。大手にいた義仲もこれに合せて鬨を合す。今井の兼平も鬨を合せ、前後四万騎の鬨の声は、山も川も一度に崩れるかと思わせた。

平家方は、「ここは山も高いし、谷も深い。四方は岩に囲まれているから、背後を取られることはよもやあるまい」と安心していた。そこへあの鬨の声である、驚き慌てた軍勢の多くは我先にと谷へ落ちていった。親も子も、兄も弟も、主人も郎党も、人も馬も落ち重なって、さしもの深い谷も、平家の七万余騎で埋もれてしまったと、『平家物語』は書く。これが世に名高い「倶利伽羅峠の戦い」である。五月十一日だった。

大将軍の維盛は辛くも命拾いして加賀の国へ退いたが、三人の侍大将は討死した。大勢生捕りにされた中で、義仲を裏切った斎明威儀師は、義仲の前に引き据えられ、首を刎《は》ねられた。そこから義仲は能登の志保坂へ向う。搦手軍への加勢のためである。果して志保坂で、味方である十郎行家の軍は押しまくられていたが、義仲の新手の勢いに敵せず、平家は加賀の国篠原へ退却して行った。

二十三日早朝から源氏が篠原へ押寄せて、午の刻まで戦った。源氏の兵は一千余騎を失うが、平家方は二千余騎が討死し、敗走する。その中で、武蔵の三郎左衛門有国《ありくに》と、斎藤別当実盛二人は踏みとどまって戦った。有国は馬を射られ、馬がしきりに跳ねたので弓を杖ついて降り立ち、奮闘したが矢尽き、太刀を抜いて戦うが射立てられ、立ったまま死んだ。

実盛は心中期する所あって、ただ一騎で戦うが、源氏の武者信濃の国の住人手塚の太郎が馳せ寄って、「味方は皆落ちていったのに、一騎残って戦するとはあっぱれだ。名のれ、聞こう」といい掛けた。実盛は「そなたは誰だ、まず名のれ」と応える。「かくいうは、信濃の国の住人手塚の太郎光盛《みつもり》だ」と返すのに実盛は、「さる人ありとはかねて聞いていたが、思うところあっていまは名のらぬ。ただし、そなたを軽んじているわけではない。さあ寄れ、組まん」とて馬を押し並べて組もうとする時、手塚の郎党が割り込んできて、むずと組んだ。実盛はその郎党を鞍の前輪に押し付けて、刀を抜き、首を掻こうとした。手塚は郎党が抑え込まれたのを見て、左から馬を寄せ、実盛の鎧の草摺《くさずり》を引き上げ、刀で二回刺した。同時に掛け声とともに組み付き、二人は落馬する。実盛の勇猛心は衰えていなかったが、何分老武者である、手傷を負うている上に相手は二人、ついに手塚に組み伏せられて首を取られた。

手塚は遅ればせに駆け寄った郎党に、実盛の鎧をはぎ取らせ、首を持たせて義仲の前へ駆け寄り、「今日は奇異な曲者と組討して首を取りました。名を問うたがついに名のらず。侍かと見れば錦の直垂を着し、大将かと思えば率いる軍勢も見当たらず、声は坂東声でした」と報告した。義仲は「これは実盛ではないだろうか。しかしそれなら、幼い日に見た時でさえ、すでに白髪交りであった。今なら定めて白髪になっているだろうに、鬢《びん》や鬚《ひげ》の黒いのは別人だろうか。旧知の樋口の次郎を呼べ」といった。

樋口の次郎参り、実盛が首をひと目見て、やがて涙にぞむせびける。「いかに、いかに」とたづねられければ、「あな無慚《むざん》や、実盛にて候ひけり」と申す。「鬢、鬚の黒きはいかに」とのたまへば、樋口の次郎涙を押しのごいて申しけるは、「さ候へばこそ、その様を申さんとすれば、不覚の涙が先立つて、申し得ず候。弓矢取る身は、あからさまの座席とは思ふとも、思ひ出でになることを申しおくべきにて候ひけるぞや。つねは兼光に会うて物語り申せしは、『実盛、六十にあまつて軍の場に向かはんには、鬢、鬚を墨に染めて若やがんと思ふなり。そのゆゑは、若殿ばらにあらそひて先を駆けんも大人げなし。また、老武者とてあなどられんも口惜しかるべし』なんど、つねは申し候ひしが、今度を最後と存じて、まことに染めて候ひける無慚さよ。洗はせて御覧候へ」と申しもあへず、また涙にぞむせびける。「さもあらん」とて洗はせて見給へば、白髪にこそ洗ひなせ。

（『平家物語』巻第七　実盛）

この首実検の場面を、『源平盛衰記』はこう記す。

木曾宣《のたまひ》けるは、親父帯刀先生をば悪源太義平が討たりける時、義仲は二歳に成けるを、畠山に仰《おほせ》て、尋出《たずねいだ》して必失ふべしと伝へたりけるに、如何が稚者《いとけなきもの》に刀を立んとて、我は知らざる由にて、情深く此斎藤別当が許へ遣して養へと云ければ、請取養はんとしけるが、七箇日置て、東国は皆源氏の家人也、我人に憑《たの》まれて此児を養立《やしなひたて》ざらんも人ならず、育《やしなひ》おかんもあたりいぶせしと案じなして、木曾へ遣しける志、偏《ひとへ》に真盛《さねもり》が恩にあり、一樹の陰一河の流と云ためしも有なれば、真盛も義仲が為には七箇日の養父、危《あやふき》敵中を計ひ出しける其志、争《いかでか》忘るべきなれば、此首よく孝養せよとて、さめぐ〵と泣きければ、兵共も各袖を絞りけり。

（『源平盛衰記』巻三十　真盛被討）

芭蕉は『奥の細道』で、「むざんやな甲の下のきりぎりす」と、この実盛の兜を詠んでいる。加賀の小松という所でのことである。「此所、大田《ただ》の神社に詣づ。実盛が甲・錦の切あり。往昔、源氏に属せし時、義朝公より給はらせ給《たまふ》とかや。げにも平士のものにあらず。目庇《まびさし》より吹返しまで、菊から草のほりもの金をちりばめ、龍頭に鍬形打たり。実盛討死の後、木曾義仲願状にそへて、此社にこめられ侍るよし、樋口の次郎が使せし事共、まのあたり縁起にみえたり」との文の後にこの句がある。芭蕉は古戦場を弔う気分の濃厚な人だった。『奥の細道』の「平泉」は、その典型であろう。

三代の栄耀一睡の中にして、大門の跡は一里こなたに有り。秀衡《ひでひら》が跡は田野に成て、金鶏山のみ形を残す。先高館《まづたかだち》にのぼれば、北上河南部より流るゝ大河なり。衣川は和泉が城をめぐりて、高館の下にて大河に落入る。泰衡等が旧跡は、衣が関を隔て、南部口をさし堅め、夷《えぞ》をふせぐとみえたり。偖《さて》も義臣すぐつて此城にこもり、功名一時に叢《くさむら》となる。「国破れて山河あり、城春にして草青みたり」と、笠打敷て、時のうつるまで泪《なみだ》を落し侍りぬ。

夏草や兵《つはもの》どもが夢の跡

この文中に引かれている「国破れて山河あり、城春にして草青みたり」とは、唐の詩人杜甫の「春望」の冒頭、「国破れて山河在り、城春にして草木深し」である。杜甫はこの時、安禄山の叛軍に捕えられており、荒廃した長安の春の盛りにこの詩を詠んだのである。
同じ唐の詩人李華に「古戦場を弔ふ文」がある。「浩浩乎《かうかうこ》として平沙垠《かぎ》りなく、敻《はるか》に人を見ず」で始まる。新しい戦場ではないのに、風は悲しく、日はくもり、草は枯れて霜が降りた朝のようだ。鳥は飛び去り、獣は群れを失う。これが古戦場なのだ、と亭長がいう。「常《かつ》て三軍を覆へせり。往々にして鬼哭す。天陰《くも》るときは則ち聞こゆ。心を傷ましむる哉」

そして「秦か漢か将《は》た近代か」と問いつつ、各時代それぞれの王朝が力を尽したが、戦乱の惨禍は止むことがなかった。その結果として「弔祭至らずんば精魂依る無からん、必ず凶年有りて人其れ流離せん。嗚呼《あゝ》噫嘻《あゝ》、時なるか、命なるか。古《いにしへ》より斯《かく》の如し」云々と締めくくられている。芭蕉が義仲の戦跡を偲び、実盛の遺品に感慨を催し、高館でつわものの夢の跡に涙を落すのも、正にこの古戦場に人間の運命を歎ずるしかないからではないのか……。

篠原で維盛軍を壊滅させた義仲は、近江に到り、七月二十二日、比叡山延暦寺に入った。三千の山門大衆が既に義仲に同調し、都に乱入せんとする一方、源行家は宇治橋から、矢田義清は丹波路から、さらに河内、摂津の源氏が淀より京を窺うという報に接した平家は、宇治、瀬田へ軍勢を遣わしていたが、諸国の情勢を検討した結果、派遣した兵を呼び戻し、大宰府遷都を決定した。平家は、法皇、天皇とともに神器を奉じて西国に赴くつもりであったが、後白河法皇は密かに京都を離れ、叡山に御幸される。二十四日の事であった。二十五日、後白河法皇に捨てられた平家は、慌ただしく都落ちして行くのである。

二十八日、法皇還御に際して、義仲は五万余騎を率いて守護、近江源氏山本の義高が、源氏の白旗を掲げて先陣を切った。「この二十余年見ざりつる白旗の今日はじめて都へ入る。めづらしかりし事どもなり」(『平家物語』巻第八　四の宮即位)。これは二十四年前、源氏が都に白旗を立てて敗北した平治の乱以来、絶えてなかったことをいうのである。義仲以下、行家、義清も京に集結、かくて都は源氏で充満した。

法皇は法住寺殿へお入りになった。検非違使《けびいし》別当・左衛門督藤原実家《さねいえ》と中納言藤原経房《つねふさ》が院の殿上の簀子に控えて、行家、義仲に院宣を伝える。

「前の内大臣平宗盛以下、平家の一類を追罰せよ」

八月十日、義仲は左《さ》馬頭《まのかみ》となり越後を賜る。行家は備後守となった。しかし、義仲は越後を嫌い、行家も備後を忌避したので、改めて義仲に伊予を、行家には備前を賜った。そして義仲には、朝日将軍の称号が与えられたのである。

この間、安徳天皇は平家と共に西国へ御幸、その結果、都では新帝擁立に向けての工作が始っていた。後白河院は三の宮、四の宮は未だ在京なので、これを院の御所に呼び寄せ、膝下に招いたところ、三の宮はむずがり近寄らず、四の宮は恐れげもなく近寄り、膝の上に乗ったので、皇嗣と定められた。この四の宮が後鳥羽天皇である。義仲は、以仁王の遺子北陸の宮こそ皇位を継ぐに相応しい人材として推したが、通らなかった。

さて、義仲に対する都での評判である。「木曾は都の守護にてありけるが、みめよき男にては候ひしかども、たちゐ、ふるまひ、もの言うたる言葉のつづき、かたくななることかぎりなし」口さがない京童はこう噂した。木曾義仲は男前ではあるけれども、言葉遣いや立居振舞は武骨で粗野だというのである。

その典型的な例が、猫間《ねこま》中納言が所用で義仲を訪ねた時の様子である。猫間中納言とは、前治部卿《じぶきょう》藤原光隆、猫間の呼び名は住所によるところという。藤原冬嗣の後裔で、光隆の次（四）男家隆は、『新古今集』の撰者の一人、従二位家隆として知られる人であった。『百人一首』には「風そよぐならの小川のゆふぐれはみそぎぞ夏のしるしなりける」が採られている。

猫間中納言が義仲を訪ねたのは、相談事があったからである。「猫間殿という人が訪ねてこられている」と郎党から聞いた義仲は、「猫も人に見参することがあるのか」と問うた。「さにあらず、これは猫間殿という上﨟でいらっしゃる」「さらば通せ」とて対面となった。義仲は「猫殿はめったに来られぬから、食事の用意をせよ」といいつけた。中納言は「今は食事時ではないので」と断ったが、「いや、飯時においでになったのだから、そのままお帰しはできない」とて、「無塩《ぶえん》の平茸はあるか、急ぎ持ってこい」と急き立てた。無塩とは塩処理をしていないことで、義仲は、新鮮なものをすべて無塩というと心得ていたのである。この当時、公家は一日二食、武家は三食だった。

義仲が用意させた食膳は、田舎仕立ての大きな蓋つきの塗椀で、湯気を立てた飯を高々と盛り、三種の菜を添え、平茸の汁で持て成した。義仲は箸を取るが、中納言は辟易としながらも、箸を付ける真似事だけはした。それを見た義仲は、大方平らげながら、「猫殿は小食でいらっしゃる、召し上がれ召し上がれ」と、勧める。相談すべきことがあったにもかかわらず、中納言はそのまま退散してしまったというのである。この描写は、都人が田舎者を嘲弄する典型的な書きぶりのようだが、単純に義仲の野人ぶりを嘲っているのではないようにも見える。義仲の野は却って璞《あらたま》のようでもあり、雅であるはずの光隆が却って卑屈のようにも見えるのである。『平家物語』作者の、批評の眼が面白い。

「猫殿」が義仲を訪ねた要件は判然としないが、おそらく領地の問題ではないかと推測されている。光隆は越中、越後の知行国主になっており、子弟を現地に派遣していた。しかし、越後の国主は、その後城《じようの》長茂《ながもち》が任じられ、その長茂は義仲に敗れていた。義仲が一旦与えられた越後守を嫌い、伊予守に移ったことと「猫殿」一件がどうかかわるのか分明ではないが、全くの無関係とも思われない。畠山次郎氏は、光隆が義仲の父義賢と因縁があることを明かしている。それによれば、光隆の母は体仁親王、則ち後の近衛天皇の乳母だった。義仲の父義賢が体仁親王の帯刀先生だったことから見ても、当然相知の仲であったとする。『平家物語』に義仲と光隆の談合の記述はないが、『源平盛衰記』には、対面と饗応との間に「暫く物語し給ひて」との記述がある所から、畠山氏は、何らかの相談があったこと、そしてそれが長引いたから飯の時間にまで立ち至ったのだと判断している。そしてその長談義は、所領の相談ばかりではなく、義仲の父義賢の話に及んだので、「義仲の方から光隆に、根掘り葉掘り問いただした可能性が十分ありうる。光隆への饗応になるのも一面は、父義賢を語ってくれた謝礼であり、またそれによって光隆に対していだいた義仲の親近感からではあるまいか」（『木曾義仲』）とする。こうなると、義仲の新たな面が見えてくるように思われる。

義仲は都に何をしに来たのか。平家を討ちにきたのである。この時すでに平家は退京し、京の治安維持は義仲に任されることになった。しかし義仲と共に入京した兵の数は五万とも六万ともいわれるので、とても京都が養える人数ではなかった。その上すべての兵は義仲の子飼いではない、上洛の途中で吸収してきた浮浪の徒も多数含まれていたのである。このような状況下で、旧勢力の院政派、新興勢力としての木曾派、そして鎌倉から都の情勢を窺う頼朝と、三つの勢力が蠢動《しゅんどう》し始める。九条兼実《かねざね》は「大略天下の体、三国史の如きか。西に平氏、東に頼朝、中国已《すで》に剣璽《けんじ》無く、政道偏に暴虎と尩弱《わうじやく》なり」（『玉葉』寿永二年八月十二日）と書く。都の治安の維持は困難を極めていたのである。

後白河法皇は軍の乱暴狼藉を義仲に咎めるべく、近臣平知康《ともやす》を遣わす。知康は鼓の名手として聞こえ、「鼓判官」と呼ばれていた。義仲は知康に対面したが、勅諚には応えず、「そなたを人が鼓判官と呼ぶのは、大勢の人に打たれたり張られたりするからか」と問うた。知康はこの言葉が苦々しく不愉快極まりなかったので、御所へ帰り法皇に「まことに木曾というのは馬鹿者でございます。何としても追罰あそばさねば禍根を残しましょう」と奏上した。法皇も内心そうお考えだったので、天台座主と園城寺《おんじょうじ》の長吏に仰せあって、両寺の悪僧を召し出された。

義仲が院の御機嫌を損じていると噂が立ったので、木曾に従って入洛した五畿内の兵たちは皆義仲に背き、院方に靡いた。これを聞いた今井兼平は、「だからといって院に弓を引くことはできませせぬ。恭順して降参すべきです」と義仲に忠言する。義仲は聴かなかった。

われ信濃の国横田川の軍《いくさ》よりはじめて、北国、砺波、黒坂、志保坂、篠原、西国にいたるまで、度々《どど》のいくさにあひつれども、いまだ一度も敵にうしろを見せず。『十善の帝王にてましませば』とて、義仲、降人にえこそは参るまじけれ。これは鼓判官が凶害とおぼゆるぞ。あひかまへてその鼓め、打ち破つて捨てよ」とぞのたまひける。

「関々は閉ぢられて、たえて上る物なければ、冠者ばらが『かひなき命生きん』とて、をりをり、かたほとりにつきて入り取りせんは、なにかひが事ならん。また王城の守護とてあらんずる者が、馬一匹づつ飼うて乗らざるべきか。いくらもある田を少々刈らせて、ときどき馬草にせんを、あながちに法皇のとがめ給ふべき様はなきものを。鎌倉の兵衛佐《ひょうえのすけ》がかへり聞かんところもあり。いくさ用意せよ、者ども。今度は最後のいくさにてあらんずるぞ」と言はれけり。

（『平家物語』巻第八　法住寺合戦）

この時点で五万余騎といわれた木曾勢は、皆北国へ落ち行き、わずかに三千余騎になっていた。しかし、義仲は「木曾がいくさの吉例」として、軍を七手に分け、樋口兼光は五百余騎を率いて今熊野方面の搦手に回る。本隊は院の御所法住寺殿へ押寄せた。御所には山法師、寺法師、向礫《むかひつぶせ》、印地《いんじ》打《うち》などという徒食無頼の徒が集まっていたが、有無をいわせず義仲軍は御所に火をかけた。御所方は鬨を合せる閑もなく、指揮官の平知康は真先に逃亡し、指揮者を失って烏合の衆となった院方は一兵も残らなかった。結果として、法皇を奉じた義仲のクーデターの様相である。天台座主明雲《めいうん》大僧正と園城寺長吏円恵《えんけい》法親王は、首を取られて六条河原に晒された。十一月十九日のことである。

木曾はいくさに勝ち、あくる卯の刻に、三千余騎、六条河原にうち出で、馬の鼻を東へ向けて、天もひびき、大地も動くほどに、鬨を「どつ」とつくる。京中またさわぎあへり。これは、「いくさに勝ちたるよろこびの鬨をつくる」とも申しけり。いまとても兵衛佐といくさせんこと必定なれば、今日吉日にてあるあひだ、「東国へむかひ、鏑を射はじめんとての鬨」とも申しけり。

（同）

年が明けて寿永三年（1184　四月に「元暦」と改元）一月十七日（十一日ともいう）、義仲は院の御所に召されて征夷大将軍に任ぜられ、「平家追罰のために、西国へ発向すべき」由、仰せを蒙った。義仲は畏まって退出、その日のうちにも西国へ出陣するつもりであったが、「東国よりすでに数万騎が寄せてくる」との風聞があったので、義仲は西国へ向わず、宇治、瀬田方面に兵を分けて派遣した。東国の軍勢は大手の大将軍は源範頼、搦手の大将軍は九郎義経、主だった大名は三十余人、その数五万余騎というのである。範頼は尾張から美濃へかかり近江に到り、義経は伊賀から山城へ入り、宇治川の畔に陣取った。この宇治川渡河の先陣を、義経麾下《きか》の佐々木四郎高綱《たかつな》と梶原源太景季《かげすえ》が争い、佐々木が先陣を切ったエピソードはよく知られている。

多勢に無勢、義仲の軍は宇治も瀬田も支えきれず、引き退かざるを得なかった。この敗報を聞いた義仲は、最後の暇乞いのために院の御所へ参ずるが、門前で思い直し、「最愛の女に名残を惜しまん」と、六条万里小路《までのこうじ》の女房のもとへ行く。この時、鎌倉勢は都に攻め入っていた。義仲には新参の郎党越後の中太家光《ちゅうだいいえみつ》という者が付いていたが、一向に出てこぬ義仲に業を煮やし、「もう敵はそこまで来ているというのに、このままでは犬死だ。急ぎお出で下され」といったが、義仲はなおも名残を惜しんで出てこない。中太は「世は、かうござんなれ。さ候はば、家光は死出の山にて待ちまゐらせん」とて刀を抜き、鎧を脱ぎ捨て、腹を切って死んだ。義仲はこれを見て、「これは自分を鼓舞するための自害だな」と、女房の家から打ち出てきた。

六条河原へ出てみれば、関東の兵の先陣が我先にと寄せ来て、後陣も乱入する。義仲は今は最期と、百四五十騎をまとめて大軍の中に駆け入る。数万騎の中に討ち入り駆け入り、幾度も討たれそうになるが、駆け破り押し破って危地を逃れた。「かくあるべしと知りたりせば、今井を瀬田へはやらまじものを。幼少より『死なば一所にて、いかにもならむ』とちぎりしに、所々にて死なんことこそ本意なけれ。今井が行くへを見ばや」とて、六条河原と三条河原の間を取って返し、追い返しを繰り返して賀茂川を渡り、粟田口、松坂にかかった。「去年信濃を出でしときは、五万余騎と聞こえしかど、今日四の宮河原を過ぐるには、主従七騎になりにけり。まして中有の旅の空、思ひやるこそあはれなれ」（同　巻第九　兼平）

義仲は信濃から巴《ともえ》、款冬《やまぶき》という二人の美女を連れて来ていた。款冬は病に伏していたので、都に留まる。巴は義仲と共に戦い、七騎の中に残っていた。年は二十二三、色白く髪長く、容顔まことに美麗なり、と『平家物語』にある。そんな巴だが、戦となれば堅牢な鎧を着て、大太刀を帯び強弓を持ち、一方の大将として度々高名を挙げ、並ぶ人とてないほどだった。

そんな中で義仲は、今井兼平の行方が気になり、瀬田の方へ落ちて行く。今井も瀬田で八百騎が五十騎になるまで奮戦したが、主の行方を求めて都へ取って返す途中、大津の打出浜《うちでのはま》で義仲に巡り合った。義仲は兼平の馬に寄り添いながら手を取って、「義仲は、今日六条河原で最期を遂げるつもりだったが、幼少より『どんな状況でも一所に』と契ったことが思い出されて、敵に後ろを見せてここまで来た」という。兼平も、瀬田で討死すべく戦ったが、君の行方が気にかかったので、敵の中に取り籠められていたが、その包囲を打ち破ってここまで来た、といった。「二人の契りはいまだに朽ち果ててはいなかった。我が手勢は敵に押し隔てられて、山林に駆け入っただろう。恐らくこの辺にいるだろうから、旗を差し上げてみよ」と義仲がいい、兼平が旗を挙げると、京からの落武者か、瀬田よりの落武者か、三百余騎が馳せ集まった。

義仲は喜んで、「この勢があったなら、どうして最後の戦をせずに済まされようか。この先に密集して見えるのは誰の軍勢か」と訊く。「甲斐の一条の次郎」「勢はいかほどなるか」「六千余騎」「さらばよき敵ござんなれ。同じくは、大勢の中にて討死もせめ」とて、義仲はまっ先に馬を乗りかけたのである。

木曾は赤地の錦の直垂に、「薄金《うすがね》」とて唐綾縅の鎧着て、いかものづくりの太刀を帯き、石打の矢のその日のいくさに射のこしたるを頭高に負ひなし、滋籐の弓のまん中取つて、聞こゆる木曾の鬼葦毛に、沃懸地の鞍置いてぞ乗つたりける。大音あげて名のりけり。「昔は聞きけんものを、木曾の冠者。今は見るらん、左馬頭兼伊予の前司朝日将軍源の義仲ぞや。一条の次郎とこそ聞け。討ちとり、勧賞かうむれ。なんぢがためにはよき敵ぞ」とて、破《わ》つて入る。一条の次郎「ただいま名のるは大将軍ぞ。もらすな。討ちとれや」とて大勢の中にひと揉み揉うで戦ふ。

木曾三百余騎にて、縦ざま、横ざま、蜘蛛手、十文字に駆けやぶり、六千余騎があなたへざつと駆け出でたれば、百騎ばかりになりにけり。土肥の次郎、一千余騎にてささへたり。そこを駆けやぶりて出でたれば、五十騎ばかりになりにけり。

（同）

鎌倉方の諸将の軍勢がここに五百騎、かしこに三百騎と控えるのを、駆け破り駆け破り行くほどに、義仲主従は五騎になった。あの巴は討死せず、この五騎のうちにいた。義仲は、「自分は今にも討死する覚悟でいるが、汝は女なれば、一所に死ぬのはよいことではなかろう。『木曾殿は最後の戦に女を連れて討死させた』などといわれては、なんとも口惜しい。これからどこへなりとも落ちて行き、義仲の後世を弔ってくれまいか」というが、巴は聴かなかった。強いて望むと、巴は「あっぱれ、よからむ敵もがな。最後のいくさして見せたてまつらん」とあたりを見渡せば、武蔵の国の住人で恩田の八郎師重《もろしげ》という音に聞こえた大力の剛の者が、三十騎ばかりを率いて出てきた。巴はその中に駆け入り、馬を押し並べて恩田を引き寄せ、鞍の前輪に押し付けて、首ねじ切って捨てた。そのまま鎧を脱ぎ捨てて、泣く泣く暇乞いをして東国目指して落ちて行った。手塚の別当は自害、太郎は討死し、義仲は兼平と二人になった。

木曾のたまひけるは、「いかに今井。日ごろは何ともおぼえぬ鎧が、今日は重うおぼゆるぞや」。兼平申しけるは、「別の様や候ふ。それは君の無勢にならせましまして、臆させ給ふにこそ候へ。御馬疲れ候はず。御身弱らせ給はず。日ごろ召されし御鎧、何によつてただいま重くはならせ給ふべき。兼平一人、余の者千騎とおぼしめされ候ふべし。箙に矢七つ八つ射のこして候へば、この矢のあらんかぎりは、ふせぎ矢つかまつらん。あれに見え候ふは『粟津の松原』と申し候。三町には過ぎ候ふまじ。あれにて御自害候へ」とて、二騎うち並べて行くほどに、また瀬田の方より新手の武者、百騎ばかり出で来たり。

（同）

ここで今井がいうには、「君はあの松原にてしずかに御自害なされよ。兼平はこの敵を防ぎましょうほどに」、義仲は「幼少より『死なば共に』と約束してきたのは、この時をいうのだぞ」と馬の鼻を並べ駆けんとしたが、兼平は馬を飛び降り、義仲の馬の鼻にむずと取りつき、「何を仰せになるのか、弓矢取りは、日ごろの高名も最後に不覚を取れば、永遠に傷を負うのです。取るに足りない若武者ばらに組み落され、討たれてしまえば、『日本中に聞こえた木曾殿を、何某の家の子、某が討ち取った』などと高言される。これでは余りに口惜しい。ただ松の中へ入って御自害を」と兼平に急かされて、義仲は致し方なく松原へ入って行く。この時すでに嘆きと共にあった義仲の涙は涸れていたであろう。ひたすら望むのは自尽にふさわしい場所のみである。

今井の四郎ただ一騎、大勢に駆け向かひ、大音声をあげて、「日ごろは音にも聞き、今は目にも見よ。木曾殿の御乳人に今井の四郎兼平。三十三にぞまかりなる。鎌倉殿までも『さる者あり』とは知ろしめされたるらん。討ちとり、勧賞かうむれ」とて、残りたる八すぢの矢を、さしつめ、引きつめ、散々に射る。死生は知らず、矢庭に敵八騎射おとし、矢種尽きければ、弓をかしこに投げすて、打物の鞘をはづし、斬つてまはるに、面を合はする者ぞなき。「ただ射とれ。射とれ」とて、中にとり籠め、遠だてながら雨の降る様に射けれども、鎧よければ裏かかず。隙間を射ねば手も負はず。

木曾殿は松原へ入り給ふ。ころは正月二十日の暮れがたなれば、薄氷張りたりけるに、「深田あり」とも知らずしてうち入れ給へば、聞こふる木曾殿の鬼葦毛も、一日馳せ合ひの合戦にやつかれけん、あふれども、あふれども、打てども、打てども、はたらかず。「今はかう」とや思はれけん、うしろへふり仰のき給ふところを、相模の国の住人石田の次郎為《ため》久《ひさ》、追つかけてよつ引いて射る。内兜をあなたへ通れと射通されて、痛手なれば兜の真向を馬のかしらにあてて、うつぶしにぞ伏し給ふ。石田が郎等二人落ちあひて、つひに木曾殿の首をぞ取つてけり。

太刀の先に刺しつらぬき、高くさしあげ、今井が言ひつるに違はず、「日本国に聞こえ給ふ木曾殿を、相模の国の住人三浦石田の次郎為久、かうこそ討ちたてまつれ」とて高らかに名のりければ、今井の四郎これを聞き、「今は誰をか囲はんとていくさをすべき。これ見よや、剛の者の自害する様。手本にせよや、東国の殿ばら」とて、太刀を抜き、口にくみ、馬よりさかさまに落ちかかり、つらぬかれてぞ失せにける。今井討たれてそののちぞ、粟津のいくさは果てにける。

（同）

これが義仲と兼平の最期である。日本中に豪名を轟かせた朝日将軍木曾義仲も、敗軍の将となった時、「日ごろは何ともおぼえぬ鎧が、今日は重うおぼゆるぞや」といわざるを得なかった。この嘆きを、『源平盛衰記』はこう書いている。

去年六月に木曾北陸道を上りしには、五万余騎と聞えしに、今四宮河原を落ちけるには、只七騎には過ぎざりけり。粟津の軍の終りには、心は猛く思へ共、運の極めの悲しさは、主従二騎に成にけり。増て中有の旅の空、独行くなる道なれば、想像《おもひやる》こそ哀なれ。木曾殿鐙踏張弓杖衝《ふんばりゆんづゑつ》きて今井に宣ひけるは、日来《ひごろ》は何と思はぬ薄金が、などやらん重く覚ゆる也と宣へば、兼平何条去る事侍《はんべ》るべき、日来に金もまさらず、別に重き物をも附けず、御年三十七御身盛り也、御方に勢のなければ臆し給ふにや、兼平一人をば、余の者千騎万騎とも思召し候べし、終に死すべき物故に、わるびれ見え給ふな、あの向の岡に見ゆる一村の松の下に立寄り給ひて、心閑《しづか》に念仏申して御自害候へ、其程は防矢仕りて、軈《やが》て御伴《おんとも》申すべし。

「日来は何と思はぬ薄金が、などやらん重く覚ゆる也」だけでなく、全体に語りの口調が劇的で、文学としての意識が増しているように思われる。「薄金」とは鎧の事をいうのだが、源氏の棟梁家に伝わる「源氏八領」と称する鎧の一つにもその名がある。筆頭に挙げられる「源太が産衣《うぶきぬ》」は嫡男用といい、以下、「八龍」「楯無《たてなし》」「薄金」「膝丸」「沢瀉《おもだか》」「月数《つきかず》」「日数《ひかず》」の八領である。このうち「八龍」は為朝に与えられたが大きさが合わず、為朝の身に合せて新しく作ったという。「薄金」は為朝の父為義が着た鎧で、それが義仲に伝えられたということであろうか。義仲はこの鎧を着て、運命と対決しながら討死したのである。

ド・ゴールは「歴史の魂は意志である」といっている。そして「歴史とは対決である。敵との対決だけでなく、運命との対決、偉大さはおそらくは、対決の水面の上にしか確立されない」とも（『評伝アンドレ・マルロオ』村松剛）。

家の誇りを引っ提げて戦に参じた義仲にも、この評が当てはまるのではあるまいか。

敵方平家の将軍の中で、義仲に匹敵する猛将といえば、能登守教経以外にはあるまい。一の谷の戦の頃、阿波、讃岐の在地役人らが源氏に心を寄せて、小舟百艘に乗って教経に挑んだことがあった。教経は「昨日まではわれらが馬の草飼うたるやつばらが、今日ちぎりを変ずるこそあんなれ。その儀ならば、一人ものこさず殺せ」と下知して、追い散らした。淡路の福良では源氏の大将二人を屠り、安芸の国沼田《ぬた》の城、和泉の国吹飯《ふけひ》の浦を攻め、備前の今来《いまき》の城を陥し、「いまは攻むべき者なし」と豪語して、平家の都福原へ凱旋したのである。

さて、一の谷の合戦で、源氏は大手の大将軍は範頼、搦手の大将軍は義経だった。平家は重盛の次男資盛《すけもり》を総大将に、三千余騎で陣を敷いていた。搦手側の源氏は一万余騎で、明日の合戦か今夜の急襲かを案じていた。土肥の次郎実平《さねひら》が夜討に賛同したので、義経はこれを採る。平家方では用心する者もあったが、「さだめて明日の合戦にてぞあらん。いくさもねぶたいは、大事のものぞ。よく寝て、明日いくさせよ」と、兜を枕にする者、鎧の袖や箙を枕にして、前後も知らず寝ていた者が大半だった。

思ひもかけぬ寅の刻ばかりに、源氏一万余騎、三里の山をうちこえて、西の山口へ押寄せ、鬨をどつとぞつくりける。平家あわてさわぎ、「弓よ」「矢よ」「太刀よ」「刀よ」と言ふほどに、源氏、なかをざつと駆けやぶりて通る。「われ先に」と落ちゆくを、追つかけ、追つかけ、散々に射る。平家の勢、そこにて五百余人討たれけり。

（『平家物語』巻第九　三草山）

資盛以下平家の軍勢は、本営のある讃岐の屋島に逃げ帰り、総帥の宗盛に報告する。宗盛は驚き、「三草の陣は九郎義経に打ち破られた。各々迎撃に向うべし」と下知するが、「いや、山の手は重要な戦場だから」と、皆怖気づくばかりだった。この経緯を聞かされた教経はこういった。「いくさと申すものは、自分が決めてくれる、と思い切ってこそできるもので、狩や漁をするように、足場の良い場所があれば向い、悪い方へは行かないなどといっていては、戦に勝つことはできない。何度でも、教経の命のあらん限りは、如何に強敵であっても引き受けて、打ち破ってくれよう」

　これを聞いた宗盛は大いに喜び、越中の前司盛俊《もりとし》を先鋒に命じた。教経は一万余騎を率いて兄の通盛とうち揃い、鵯越《ひよどりごえ》のふもとに陣を取った。その上で大手は新中納言知盛《とももり》、重衡を中心に四万余騎で生田の森に向い、搦手は左馬頭行盛《ゆきもり》、薩摩守忠度に三万余騎を授けて一の谷の西の手へ遣わした。源氏も平家も互いに篝火をたき、牽制する。そんな中で、越前の三位通盛は弟の教経の館へ女房を招き入れ、同衾していた。それを知った教経は激怒し、「さらぬだに、ここが大事と教経を差し向けられたのに、何事か。今にも上の山から敵が攻め下りて来るやもしれず、そうなったら弓の用意も間に合わぬ場合もある。それをそのようにのんびりと構えておられては、何の役にも立ちませぬぞ」と迫られて、ようやく通盛は女房を返したという。こんな次第で平家は源氏に押しまくられて大敗、一度も合戦で不覚を取ったことがないと噂された教経も、「今度はいかにもかなはじ」と思ったのか、名馬「薄墨」に乗り、播磨の明石へ落ちて行った。

　平家の武運はこのようにして尽きた。元暦《げんりやく》二年正月十日、九郎判官義経は院の御所に参り、「平家は宿報つきて神明にも放たれたてまつり、君にも捨てられまゐらせて、波の上にただよふ落人となれり。しかるをこの二三箇年、攻め落さずして、おほくの国国をふさげつるこそ口惜しう候へ。今度義経においては、鬼界、高麗、天竺、震旦《しんだん》までも、平家のあらんかぎりは攻むべき」と言上、院の御所を出て、諸国の兵に対してこういった。「鎌倉殿の御代官として、勅宣をうけたまはつて、平家追討にまかり向かふ。陸《くが》は駒の足の通はんほど、海は櫓櫂のたたんかぎりは攻むべきなり。命を惜しみ、妻子をかなしまん人は、これより鎌倉へ下らるべし」

二月十四日、範頼は七百余艘の舟を率いて、屋島を本営とする平家追討の為、摂津の神崎より山陽道を発向し、義経は二百余艘を以て、同じく摂津の渡辺より南海道へ赴いた。義経の軍は、十八日、屋島の城を攻撃する。ここでも平家は攻城軍を大軍と見誤り、帝を始め女院、北政所以下、女房たちを船に乗せ、宗盛父子、大納言時忠《ときただ》、中納言教盛《のりもり》、新中納言知盛も皆舟に乗り、一町ばかり漕ぎだした所へ、白の合印を付けた武者六騎が、惣門の前へ出てきた。先頭に進み出てきたのは、赤地錦の直垂に紫裾濃《むらさきすそご》の鎧着て、金造《こがねづくり》の太刀を佩き、切紋の矢負い、塗籠籐の弓の真中を取って黒い悍馬に置いた金覆輪の鞍に乗った大将だった。鐙を踏ん張り立ち上っていう、「一院の御つかひ、大夫判官義経ぞや。われと思はん者は進み出でよ。見参せん」と。色めき立った平家方から、遠近様々に矢を射たが、届きはしなかった。その間に、源氏は内裏や御所に火をかけて焼亡させた。宗盛は又しても教経を頼る。渚に上った平家方から、越中の次郎兵衛盛嗣《もりつぐ》が進み出て、「今日の源氏の大将軍は誰か」と喚く。源氏方の伊勢の三郎義盛が答える。「口にするのも恐れ多いが、清和天皇十代の御末、九郎大夫判官であるぞ」

盛嗣あざわらつて、それは金商人《かねあきんど》が所従ござんなれ。平治に父義朝は討たれぬ。母常盤《ときは》が腹にいだかれて、大和、山城に迷ひありきしを、故太政入道殿たづね出ださせ給ひしが、『をさなければ不便《ふびん》なり』とて、捨ておかれ給ひしほどに、鞍馬の稚児にして十四五までありけるが、商人の供して奥に下りし者にこそ」と申しければ、伊勢の三郎、「なんぢは砺波山のいくさに、からき命を生きて乞食の身となり、京へのぼりしはいかに」と申す。盛嗣、「なんぢも鈴鹿山の山がつよ」と申しけり。金子の十郎、「雑言たがひに益なし。申さばいづれか劣るべき。去年《こぞ》の春、一の谷にて武蔵、相模の若殿ばらの手なみよく見たるらん」と申しもはてねば、弟の与市、よつぴいて射る。盛嗣が胸板、裏かくほどに射させて、そののちは言葉だたかひせざりけり。

（同　巻第十一　屋島）

「言葉だたかひ」とは悪口合戦とでもいうべきもので、こんな児戯に類することでも、将兵の士気に影響するのである。このように源平乱れ合って戦ううちに、教経は「舟いくさには戦いようがある」として、直垂は着ず、小袖に黒糸縅の鎧を着て、大中黒の矢を高々と背に負い、滋籐の弓の真中を取り、小舟の舳先に立って源氏の大将軍を射落さんと、周囲を窺っていた。教経は名高い弓の名手だから、源氏の武士たちは大将を射られまいと、義経の前に立ちはだかっていた。教経は「矢面のやつばら、そこのき候へ」とて、さしつめ引きつめ、散々に射たので、源氏の鎧武者五騎が射落された。義経の前を守る者がいなくなったところへ、いつのまに進み出たのか、黒革縅の鎧を着た佐藤嗣信《つぎのぶ》が立ちふさがった時、教経の矢が胸板を貫き、嗣信は馬から逆さまに転落した。教経に、十八歳の菊王丸という従僕がいたが、萌黄縅の腹巻に兜の緒を締め、長刀《なぎなた》の鞘を外して舟から飛び降り、嗣信の首を取らんと寄ったところを、弟の佐藤忠信が腹巻の引合せを射て、腹這いに倒した。これを見た教経は舟から飛び降り、菊王丸を引っ提げて舟に戻ったが、菊王丸は死んだ。可愛がっていた従僕を射殺されて、さしもの教経も舟を沖へ戻す。かつて斎藤実盛がいった通りの習いとなったのである。猛将教経とはいえ、従僕の死に一掬《いっきく》の涙を注いだとしても不思議ではあるまい。

この海戦では、義経が弓を海中に取り落し、鞭の先で掻き寄せて取ろうとしたが、平家方は熊手で義経の兜を引き寄せ、海に落そうとした。陸上の源氏方は、弓など捨てて引き上げてくるよう頻《しき》りに促したが、義経は聴かず、ついに弓を取り上げた。「さして高価な弓でもなし、なにゆえ命がけで回収したのか」と、口々に兵たちがいった時、義経の答はこうだった。「弓が惜しいのではない。叔父為朝の強弓なら、わざとでも落しておくが、貧弱な我が弓を平家に取られて、嘲られるのが口惜しく、命がけで取り返したのだ」と。

舟戦には長じていたはずの平家だが、戦局は好転しなかった。三月二十四日、長門の壇の浦では、激戦が続いていた。平知盛は、舟の舳先に立って下知した。

「いくさは今日をかぎりなり。おのおのすこしもしりぞく心あるべからず。天竺、震旦、わが朝にならびなき名将勇士といへども、運命尽きぬれば力およばず。さりながら東国のやつに弱気《よわげ》見すな。いつのために命をば惜しむべきか。これのみぞ知盛は思ふこと」とのたまへば、飛驒の三郎左衛門景経《かげつね》、「仰せ承れや、侍ども」とぞ申しける。悪七兵衛景清が申しけるは、「中坂東のやつばらは、馬に乗りてこそ口はきき候ふとも、船のうちにはいつ調練し候ふべき。魚の木にのぼりたる様にこそ候はんずれ。されば、しやつばら、一々に取つて海につけ候はん」とぞ申しける。越中の次郎兵衛申しけるは、「九郎判官は色白き男の、たけ低く、向かふ歯二つさし出でて、ことにしるかんなる。心こそ猛くとも、何事のあるべき。目にかけて、ひつ組んで海に入れや、殿ばら」とぞ申しける。

（同　壇の浦）

これを聞いた新中納言知盛は、総帥宗盛の面前に進み出て、「今日は侍どもの意気が上がっているので、必ずや力戦奮闘してくれるでしょう」と言上した。その言葉の通りに、平家は千余艘の船を三手に分ち、先陣五百余艘、二陣三百余艘で攻め立て、精兵を五百人揃えて射かけさせると、源氏の船は射すくめられて後退せざるを得なかった。陸上に控えていた源氏の中で、和田義盛は三町先の獲物を射外さぬ腕の持ち主だった。義盛は、三町ほど先の沖合に浮んだ知盛の船を射越して、海上に白箆《しらの》の大矢を浮ばせ、扇を挙げて「その矢こなたへかへし賜《た》ばん」と呼びかけた。

知盛がこれを召し寄せて見ると、鵠《こう》の羽で矧いだ矢は十三束三伏で、沓巻《くつまき》（矢竹の先端の鏃を差し込んだ部分）の上に一束おいて、「三浦の和田の小太郎義盛」と漆で書かれていた。知盛は伊予の国の橘の四郎親家《ちかいえ》を召して、この矢を射返せと命じた。親家は即座に弓を取り射返せば、三町を十分に飛び、義盛の左肩をかすめて、脇に控えた武蔵の住人石迫の太郎なる者の腕先に、沓巻まで射込んだのである。義盛は、自分の矢ほどの大矢はないだろうと思っていたのに、何と射返されてしまったではないかと、麾下の兵どもに笑われて、立腹して馬から降り、小舟に乗って押し出させ、散々に矢を射かけたので、敢て対抗する平家はいなかったが、平家方から義経の船をめがけて大矢が一筋射かけられた。「その矢こなたへ賜ばん」と。

義経がその矢を取らせてみると、鶴の本白《もとじろ》の羽で矧いだ十四束の矢に、「伊予の国の住人新居の紀四郎親家」と書かれていた。義経は「誰か射返せ」と問うと、浅利の与市なる者の名が挙がったので、早速召し出す。与市は指先でこの矢を摘みながら、「この矢は矢束が短く、篦も弱いので、自分の矢で射返しましょう」とて、大中黒の羽で矧いだ十五束の矢を取り出し、狙いを定めて遠矢を射た。矢は過たず、大船の艫《とも》に立っていた紀の四郎の内兜を射貫き、四郎は船底に倒れ伏した。

かく源平互いに乱れ合いながら戦うこと数刻、味方の裏切りにも会い、平家の敗色は濃厚となる。知盛は帝の御座船に参上し、「女房たち、見苦しきものどもみな海に沈め給へ」と告げれば、女房たちは「この世の中は、いかに、いかに」と問う。知盛は落ち着いた風情で、「いくさはもはやこれまで。今日よりのちは、めづらしき東男《あづまをとこ》を御覧になられましょう」とうち笑えば、「なんという冗談を仰せられるのか」と、女房たちの悲嘆と叫喚が返ってきた。

安徳天皇は剣璽と共に二位の尼に抱かれて入水、国母の建礼門院以下、女房たちもこれに続いた。教盛、経盛《つねもり》兄弟、資盛、有盛、行盛らは皆手を取り合って海に入る。総帥宗盛一人、船端に立ち、入水する味方の面々をただ眺めつつ、自らは一向にその気配を見せなかったので、そのあまりの醜さに、侍臣らによって海中に突き落とされたがなおも沈まず、源氏方によってその子清宗《きよむね》と共に熊手で引き寄せられ、生捕りになったのである。

能登の前司教経は矢だね尽き、「今は最後」と思はれければ、赤地の錦の直垂に緋縅の鎧着て、源氏の船に乗りうつり、白柄の長刀茎短かに取つて薙ぎ給へば、兵おほく滅びにけり。新中納言見給ひて、使にて、「詮なきしわざかな。あまりに罪なつくり給ひそ。さればとてしかるべき者にてもなし」とのたまへば、「さては、このことば、『大将軍に組め』とござんなれ」とて、そののちは、源氏の船に乗りうつり、乗りうつり、おし分け、おし分け、九郎判官をたづね給ふ。

思ひのままにたづね逢うて、よろこび、打つてかかる。判官、「かなはじ」とや思はれけん、長刀脇にかいはさみ、一丈ばかりゆらと跳び、味方の船にのび給ふ。能登殿心は猛けれども、早業や劣られけん、つづいても越え給はず。判官をまぼらへて、「これほど運尽きなんうへは」とて、長刀海へ投げ入れ、兜もぬいで海へ入れ、鎧の袖をかなぐり捨て、大《おお》童《わらわ》にて立ち、「われと思はん者、教経生捕り、鎌倉へ具して下れ。兵衛佐にもの言はん。寄れや、寄れや」とのたまへども、寄る者なかりけり。

（同　早鞆）

おのれの弱弓を恥じて、命の危険も顧みず弓を回収した義経だったが、平家の猛将教経には到底敵し得ずと観念したのか、一騎討を避けて八艘飛びに逃げたが、源氏にも勇者はいた。土佐の国の住人で三十人力と称する、橘の太郎実光《さねみつ》である。弟の次郎も兄に劣らぬ強《したた》か者といわれていた。義経の前へ進み出て、「能登殿に寄り付く者がないのは残念なので、自分が組み合うつもりです。ところで故郷に二歳となる子供を残しているので、憐憫をかけて戴きたい」と言上した。義経は「神妙な申し様、いかにも子孫の扱いは疑うべからず」と即答した。そこで兄弟主従三人は小舟に乗り、教経の船に乗り移り、錣《しころ》を傾けて立ち向う。

能登の前司、先にすすみたる郎等を、「にくいやつかな」とて、海へざんぶと蹴入れらる。太郎をば左の脇へはさみ、次郎をば右の脇にはさみ、一しめ締めて、「いざうれ。さらば、おのれら死出の山の供せよ」とて、生年二十六にてつひに海へぞ入り給ふ。

新中納言これを見て、伊賀の平内《へいない》左衛門家長《いへなが》を召して、「今は見るべきことは見はてつ。ありとてもなにかせん」とのたまへば、平内左衛門、「日ごろの約束ちがひたてまつるまじ」とて、寄つて、鎧二領着せたてまつりまゐらせ、わが身も二領着、手を取り組み、海にぞ入りにける。平生「一所に」とちぎりし侍ども二十余人、みな手を取り組み、海へぞ入りにける。

（同）

木曾義仲は三十一、涙を見せぬ能登守教経は二十六歳、互いにそれぞれの運命と対決した果ての戦死であった。

第六章　大楠公と豊太閤

——桜井の駅と難波の夢

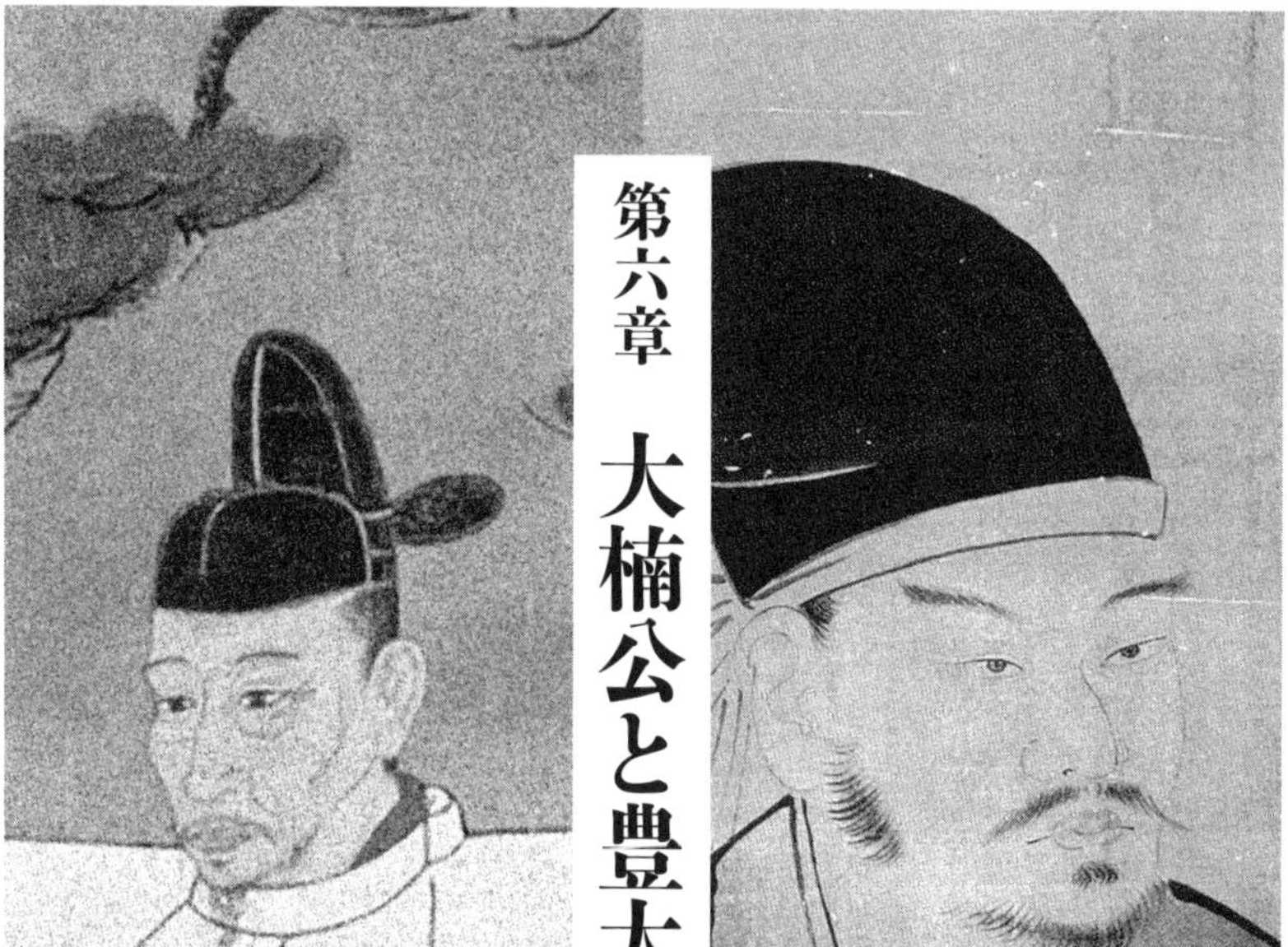

楠木正成（楠妣庵観音寺所蔵　狩野山楽・筆　右）／『豊臣秀吉像』（高台寺所蔵　狩野光信・筆　左）

楠木正成は突然現れた。そして、史上に記録があるのは元弘元年（１３３１）、後醍醐天皇の笠《かさ》置《ぎ》行在所《あんざいしょ》に伺候して以来、延元元年（建武三年　１３３６）五月二十五日、摂津の湊川で自害するまで、僅かに五年間である。しかし如何に短く見えようとも、この間の正成の活躍こそ、大楠公と称揚される行実の根源なのである。

元弘元年八月二十七日、討幕の事が破れて、後醍醐天皇は笠置寺に臨幸されたが、馳せ参ずる武士に名のある有力な大名は誰もいなかった。煩悶常ならぬ日々に、ふと微睡《まどろ》む中で、夢中に啓示があった。それは、紫宸殿の庭前と思しい所に巨大な常盤木《ときわぎ》があり、南へ向って緑陰が広がっていた。そこに公卿百官が居並び、南面した上座には御座の畳が高く敷かれていた。天皇は「誰を坐らせるための席か」と訝しく思われて立ち上られた所に、みずらを結った二人の童子が現れて跪いた。「天下に御身を隠さるべき所がない中で、あの樹の陰に南面する座席は玉座なので、暫くここに御坐りあれ」と申す間もなく、天に上って行った。主上はここで目を覚まされる。

この夢は何かの天啓に違いないと御思案の上、文字に書くと南の木、則ち楠という字であった。一夜が明け、笠置の寺僧を召して「このあたりに楠という武士はあるか」と問われると、「近傍には見当たりませんが、河内の国金剛山の西に、楠多門兵衛正成という、弓矢取って名を得たる武士がおります。この者は、敏達天皇四代の孫、橘諸兄の後胤と称していますが、民間に下って久しく、その母が若かりし時、信貴山の毘沙門天に日参百日、夢想を感じて生れた故に幼名を多門と呼ばれたのです」と言上した。

天皇は、果して今夜の夢告はこれであったかと思召され、「すぐに召せ」と命じられた。勅使が正成の許へ向い、事の次第を告げると、正成は弓矢取る身の面目、これに過ぐるものはないと是非に及ばず、笠置に潜行した。中納言万里小路藤房から伝えられたのは、「幕軍征伐について正成を頼りにすべく勅使が立てられたところ、早速馳せ参じたので、叡感浅からず。天下草創の事に如何なる謀があるか、一時に勝ちを決して四海を太平に導くか、所存を残らず申すべし」と勅諚があった。

正成畏つて申しけるは、「東夷近日の大逆、只天の譴《せめ》を招き候上は、衰乱の弊《つひ》へに乗つて天誅を致されんに、何の子細か候べき。但し天下草創の功は、武略と智謀との二にて候。若し勢を合せて戦はゞ、六十余州の兵を集めて武蔵相模の両国に対すとも、勝つ事は得がたし。若し謀を以て争はゞ、東夷の武力只利を摧《くだ》き、堅きを破る内を出でず。是欺くに安うして、怖るゝに足らぬ所也。合戦の習にて候へば、一旦の勝負をば必ずしも御覧ぜらるべからず。正成一人未だ生きて有りと聞し召され候はゞ、聖運遂に開かるべしと思し食され候へ」と、頼もしげに申して、正成は河内へ帰りにけり。

（『太平記』巻第三）

「東夷近日の大逆」とは、北条幕府による天皇に対する反逆ということである。天下の安定は武略と智謀の二つに掛かっている。もし軍勢の勢いのみで戦えば、日本中の兵を集めても、武蔵相模の武士に勝つことは難しい。この両国の軍勢に対しては、謀を以て立ち向えば容易に勝ちを得ることができる、と正成はいうのである。そして、正成の自信と矜持が、続く一語に端的に表現されている。則ち「合戦の習にて候へば、一旦の勝負をば必ずしも御覧ぜらるべからず。正成一人未だ生きて有りと聞し召され候はゞ、聖運遂に開かるべしと思し食され候へ」。

この自信は、軍略のみに依るものではあるまい。北条幕府の大逆が天譴《てんけん》を招いたという認識や、叡慮によって天誅を下すのに何の子細もないという言上に見る限り、正成に儒学、就中《なかんずく》宋学の造詣があることは間違いないことであろう。宋学には強い正統観の意識があり、必然的に尊王攘夷の観念が伴う。中村直勝氏は、『南朝の研究』中に赤松俊秀氏の論文「楠木正成の教養に就いて」を引き、等持寺の祖曇《そどん》和尚が楠木の縁者であるという『園大暦』の記事により、祖曇が玄恵《げんえ》法印の子であること、玄恵も当然楠木の縁者となることを証し、大覚寺統の朝臣に宋学を授けた玄恵の縁者として、正成も宋学を学んだことの傍証とする。さらに正成の筆蹟も宋学の影響が濃いとし、後醍醐天皇や護良《もりなが》《もりよし》親王の筆蹟と同系統の書きぶりだと判断されている。

もう一つは橘諸兄の後胤という意識である。正成もその子正行《まさつら》も、橘朝臣を自称し、湊川神社の所蔵になる「法華経奥書」には、「建武二年八月二十五日」の日付と共に、「従五位上行左衛門少尉兼河内守橘朝臣正成」の署名がある。確かに『尊卑分脈』の「橘氏系図」と、『続群書類従』所収の系図には正成を橘諸兄の後胤とするが、両系図に共通する人名は、敏達天皇、橘諸兄、楠木正成の三人しかいないということになると、森田康之助氏はいう（『楠木正成』）。戦前から相当な研究が重ねられたにも拘らず、これ以上の確証はない。ただ、史料的な裏付けはともかく、自己認識として橘朝臣を称する事とは、自ら別である。如何に遠い過去であっても、皇胤という意識が齎《もたら》す誇りは、人の行動を規定すること大なるものがある。

　かくて河内へ帰った正成は、根拠とする赤坂の地で反北条の兵を挙げる。九月十一日の事であった。赤坂山に構えた城郭に、五百騎で立て籠る。『太平記』には「この城三方は岸高うして、屏風を立てたるが如し」とあるが、一方「俄に拵たりと覚えてはかばかしく堀なんどほらず、只塀一重ぬりて方一、二町には過ぎじと覚えたる其中に、櫓二、三十掻双べたり。是を見る人ごとに、あな哀れの敵の有様や、此城我等が片手に載せて抛るともなげつべし。哀れせめていかなる不思議にも、楠が一日こらへよかし、分捕高名して恩賞に預らんと思はぬ者こそ無かりけれ」という記述もある。寄せ手の幕府側からすれば、如何に要害に見えようとも、俄仕立ての要塞など、一揉みに踏みつぶしてくれようということであろう。この時の寄せ手の軍勢は、三十万と『太平記』は書く。雲霞《うんか》の如き大軍を相手に、正成は智謀を尽して奮戦する。城壁にとりついた北条軍は、二重に築かれた城壁を切って落され、辛くも取りついた兵士には上から熱湯を浴びせられ、という具合で、北条軍は一方的に翻弄されたように『太平記』には書かれているが、十月十七、八日ごろに始まった攻城戦は、二十一日には終結、赤坂城は陥落したのである。城中の正成を始め、護良親王、四条隆資《たかすけ》も巧みに姿を隠したという。

後醍醐天皇が籠られた笠置は、九月二十八日に陥ち、平等院に遷御されたが、幕府方により六波羅南方に移御となる。かくて神器は北朝の光厳《こうごん》天皇に渡御。翌元弘二年（正慶元年　1332）三月七日、後醍醐先帝は隠岐に向けて出御された。還俗された護良親王は、熊野を始め各地に北条氏追討の令旨を発し、吉野に拠る。十一月十五日、楠木正成が千早城を構え、再び挙兵した。ここから正成の縦横無尽の活躍が始るのである。

元弘三年に入ると一月二十一日、赤松則村（円心）が播磨の苔縄《こけなわ》城に挙兵、閏二月二十四日、後醍醐先帝が潜《ひそか》に隠岐を脱出、二十八日に伯耆大坂港に着御、名和長年《なわながとし》を召す。翌日、先帝は船上山より諸国に北条高時追討の詔を下した。この間正成は、六波羅勢の大軍を翻弄し続け、千早城は容易に落ちなかった。

三月、幕府より上洛を命ぜられた足利尊氏は、四月二日、船上山に遣わした使者に、朝敵追討の綸旨《りんじ》を請わしめる。五月七日、足利尊氏、赤松則村、千種忠顕《ちぐさただあき》が京に侵入し、六波羅が滅亡した。鎌倉を目指した六波羅北方の北条仲時は果せず、近江の番場宿《ばんばのしゅく》で一統四百余人と共に自刃する。五月十七日、後醍醐天皇は光厳天皇、東宮康仁親王を廃し、正慶の年号を止め、元弘に復す。二十二日、新田義貞に鎌倉を攻め落とされた北条高時は、東勝寺で一族与党八百余人と共に自刃、かくて鎌倉幕府は滅亡した。

同月二十三日、後醍醐天皇の車駕《しゃが》は船上山を発し帰京、二十七日に播磨の書写山《しょしゃざん》、三十日には摂津兵庫の福厳寺《ふくごん》に到着という速さであった。六月二日、千早城から楠木正成が福厳寺に参上、帝に拝謁した。天皇は御簾を高く捲かせ、正成を近くに召されての仰せがあった。

「大儀早速の功、偏に汝が忠戰にあり」と感じ仰せられければ、正成畏つて、「是君の聖文神武の徳に依らずんば、微臣争《いかで》か尺寸《せきすん》の謀を以て、強敵の囲みを出づべく候はんや」と功を辞して謙下す。

（『太平記』巻第十一）

この後発御の日から、正成は先陣を承って威風堂々の凱旋で、一行は六月四日の夕暮に東寺に到着。翌五日、後醍醐帝は富小路の内裏に還御された。実態からいえば、重祚《ちようそ》の儀式がなされるべきであったが、神璽と共に還御されたという理由で、還幸と呼ばれたのである。かくて新しい政治が始り、これを「建武の中興」あるいは「建武の新政」という。政治の理想を過去に求めれば「中興」という認識になり、「朕の新義は未来の先例」という、後醍醐天皇の強烈な自信から発せられた言葉に拠れば、「新政」が相応しいことになる。後醍醐天皇の目標は、その自ら望まれた名の通り、醍醐村上両朝に花開いた「延喜・天暦の治」の再現であった。もっといえば、摂政関白を廃した天皇親政こそ、その理想であったろう。

しかしこの新体制は、瞬く間に崩壊の危機を迎えることになる。当時公家の生活の大部分は、儀式や節会《せちえ》などに費やされていた。現実政治の苛烈さを身に染みて感じる経験知を、大きく欠いていたのである。そんな公家中心の政治で早くも構想されたのが、大内裏の造営計画だった。

……相模入道の一跡をば、内裏の供御《くご》料所に置かる。舎弟四郎左近大夫入道の跡をば、兵部卿親王へ進《まゐ》らせらる。大仏陸奥守の跡をば准后《じゆごう》の御領になさる。此の外相州の一族、関東家風の輩が所領をば、指事《させることも》無き郢曲妓女《えいきよくぎぢよ》の輩、蹴鞠《しうきく》伎芸の者共、ないし衛府諸司・官女・官僧まで、一跡・二跡を合せて、内奏より申し給りければ、今は六十六箇国の内には、立錐の地も軍勢に行はるべき闕所《けつしよ》は無かりけり。

（『太平記』巻第十二）

相模入道即ち北条高時の領地は、天皇の御用に供し、その他北条一族や幕府側の要人の所領は、兵部卿護良親王や准三后阿野廉子《れんし》に宛行われたのである。さらにその宛行は妓女や芸能者、官人官女から僧侶にまで及んだので、日本国中に武者に与えるべき土地は無くなってしまった、というのである。さらに論功行賞でも、朝令暮改の混乱が頻発した。鎌倉幕府が滅んだのは、北条得宗体制への不満の爆発であった以上、その原動力となった諸国の御家人を納得させるだけの政治力が必要となろう。後醍醐天皇の権威を以てしても、この混乱を治めることはできなかったのである。「綸言《りんげん》汗の如し」という。一度かいた汗は体内に戻らないのと同様に、天子の御言葉は撤回できないはずが、撤回や食言が頻発する以上、その権威への信頼は大きく揺がざるを得なかった。

混乱した世相の中で、武士たちの輿望《よぼう》を担ったのが足利尊氏だった。これに対抗する旗頭は護良親王だったが、その剛直な気性を後醍醐天皇が危ぶまれ、遠ざけられざるを得なかった。親王が征夷大将軍の地位を望まれるなど、天皇親政を理想とする叡慮と遠かったからである。

この間、北条氏の与党が各地で叛したが、建武二年（1335）七月、北条高時の遺児時行が信濃で蜂起した。中先代《なかせんだい》の乱である。足利尊氏の弟である相模守直義が、成良《なりなが》《なりよし》親王を擁して鎌倉に在り、これを迎え撃ったが敗れ、鎌倉を退去する。都にあった尊氏は、征夷大将軍、総追捕使として叛徒鎮圧のために関東下向を奏請したが、既に成良親王が征夷大将軍に任じられていたので、朝廷は許さなかった。それでも尊氏は勅命を待たず出発、止むなく朝廷は征東将軍の呼称を許したのである。時行軍は遠江、駿河、相模で足利軍を迎え撃ったが敗北、時行は逃亡した。

足利尊氏は建武の中興第一の功臣として、正三位、武蔵守と武蔵・上総守護に任じられていたが、中先代の乱を治めた功により、八月三十日、従二位に昇叙された。ここから、武家の棟梁を巡って、足利尊氏と新田義貞の争いが激化することになるのである。

九月、朝廷は尊氏に対して勅使を送り、上洛を促すが応ずることはなかった。さらには鎌倉の将軍屋敷跡に新たに第を造営、戦功のあった部下たちに行賞を行い、旧幕府側に属した武家に対しても寛大な処置を取った。武家の棟梁としての明確な人心掌握術である。尊氏は次々に手を打って行く。新田義貞討伐を朝廷に奏請し、軍勢催促状を各地に発送した。足利氏の独立への意志は明らかになった。十一月十九日、堪忍袋の緒が切れたか、朝廷は中務卿《なかつかさきょう》尊良《たかなが》《たかよし》親王を上将軍に、新田義貞を大将として、尊氏兄弟追討の為、東海道を下らしめた。

　尊氏が従二位に昇叙された八月、楠木正成も従五位上に昇叙していたが、朝廷の序列でいえば中級に過ぎない。尊氏追討軍が都を出発した後、正成は名和長年と共に京都の守護に当っていた。赤松則村は戦功に対する行賞の薄きを憾んで、尊氏方に附いた。その他各地に蟠踞《ばんきょ》する武士たちも、尊氏の旗のもとに参ずる者が跡を絶たなかったのである。

　新田義貞率いる尊氏追討軍は、十一月二十五日、三河の矢作《やはぎ》川で高師泰《こうのもろやす》を破り、救援に向った直義も手越河原で敗北した。後醍醐天皇との関係悪化に懊悩し、浄光明寺に引き籠っていた尊氏は、ここに至って遂に蹶《た》つ。十二月十一日、尊良親王の本営がある竹之下を急襲し撃破、宮方の護りは次々に破られ、義貞は箱根の陣から退却する。この敗報に驚愕した朝廷は、義貞を都へ急遽召還せざるを得なかった。かくて尊氏は、義貞の許を離れた武士団をも糾合して都を目指し、近江に入る。

　朝廷は千種忠顕、名和長年、結城《ゆうき》親光《ちかみつ》らに瀬田防禦を命じ、新田義貞を淀に向わせ、楠木正成には宇治防衛を命じた。翌建武三年（延元元年）一月一日、瀬田を皮切りに戦が始り、膠着状態が崩れたのが十日、山崎を守っていた義貞の弟脇屋《わきや》義助《よしすけ》の軍が敗れ、足利方が鳥羽に進撃した。背後を取られることを恐れた義貞が大渡《おおわたり》を捨てて退却、後醍醐天皇の車駕を護衛して東坂本の日吉社に移る。十一日、尊氏は京に入った。

　この戦いで、正成は宇治川に架かった橋板をはがし、流れに大岩を畳みあげ、逆茂木を張り巡らして東の岸を崖のように切り立てたと、『太平記』は記している。戦略眼と共に、戦術家としての正成像を表現しているのであろう。

一方、義良《のりなが》《のりよし》親王を奉じて、前年の十二月二十二日に陸奥を発した北畠顕家が、東坂本に到着した。ここから宮方の反撃が始るのである。手近な目標は園城寺（三井寺）であった。天台宗という同門であるにもかかわらず、延暦寺と園城寺は敵対することが多く、園城寺は武家方に昵近していたからである。一月十六日、義貞、顕家に率いられた軍勢により園城寺は破れ、炎上する。京に入った義貞と尊氏の戦いは、一進一退を繰り返すが、三十日、尊氏の軍は丹波篠村に潰走し、そののち兵庫に拠って策を図ることになった。摂津打出浜や豊島河原でも遭遇戦はあったが、結局尊氏は海路九州を目指し、そこで捲土重来《けんどちょうらい》を期すことになるのである。

西走に当って尊氏は、光厳上皇に院宣《いんぜん》を奏請した。後醍醐天皇に対する尊敬の念も浅からずある尊氏だが、朝敵という汚名は何としても容認できなかったのであろう。三宝院賢俊《けんしゅん》が院宣を奉じて鞆津《とものつ》へ来着し、尊氏に授けた。これで尊氏も朝敵の汚名を免れることができたのである。

尊氏の九州西走により、都の戦は一端落着いた。後醍醐天皇と共に京へ入った南朝方の公家たちは、政争が落ち着いたと見て、天下泰平の夢を見始めた。ところが楠木正成の精神は、全く別のものを観ていたのである。

　時に正成奏聞して云ふ、義貞を誅伐せられて、尊氏卿を召しかへされて、君臣和睦候へかし。御使にをいては正成仕らむと申上げたりければ、不思議の事を申したりとてさま〲

嘲哢ども有りける時、又申上げ候へけるは、君の先代を亡されしは併尊氏卿の忠功なり。義貞関東を落す事は子細なしといへども、天下の諸侍悉く以て彼将に属す。其証拠は、敗軍の武家には元より在京の輩も扈従《こしょう》して遠行せしめ、君の勝軍をば捨て奉る。爰《ここ》を以て徳のなき御事知しめさるべし。倩《つらつら》事の心を案ずるに、両将西国を打靡かして、季月の中に責上り給ふべし。其時は更に禦《ふせ》ぐ戦術あるべからず。上に千慮有りといへども、武略の道にをいてはいやしき正成が申条たがふべからず。只今思召しあはすべしとて涙を流しければ、実《げ》に遠慮の勇士とぞ覚えし。

（『梅松論下』）

正成の戦局観は、京都恢復の勝敗に一喜一憂する朝廷諸卿と大きく異なっていた。尊氏が九州へ落ちたとはいえ、天下の諸将は皆尊氏に附いて行った。今度尊氏が西国の兵を挙って上洛してきたら、もう防禦の戦術はない。武略に於ては自分の考えに間違いはない、一刻も早く尊氏と和睦するのが、天下のために取る唯一の道である、と正成はいうのである。しかしこの上奏が容れられることはなかった。

三月二日、尊氏は、九州で最大の南朝勢力であった菊池武敏《たけとし》を多々良浜で破り、翌日大宰府に入る。九州の形勢は、ここに決したのである。四月三日、尊氏は博多を出帆し、宮島を経て鞆に着陣する。五月五日のことである。ここで陸路の一軍は直義が率い、海路は尊氏が高師直以下を率いて進むことを決定、十日に進発する。大軍である。新田義貞、脇屋義助は為す術もなく、兵庫へ退却せざるを得なかった。この報に接した朝廷は驚愕、後醍醐天皇は正成を召して「急ぎ兵庫へ罷り下り、義貞に協力して戦え」と仰せられた。正成が畏まって奏上したのはこうである。

「尊氏は九州の軍勢を率いて上洛するからには、定めて雲霞の如き大軍であろう。戦に疲れた味方の小勢で迎え撃てば、敗戦は必至である。義貞を都へ召し返し、主上は延暦寺へ臨幸せられたし。自分も河内へ帰り、畿内の兵を挙げて淀川尻を差しふさぎ、義貞の軍勢と併せて京の尊氏勢を挟み撃ちにすれば、兵糧の手当ができない尊氏は都落ちせざるを得なくなる。その時に山門から押し寄せる義貞軍と、搦手から攻める自分の軍で一戦すれば、朝敵を撃滅することができるはずだ」

諸卿の僉議《せんぎ》は「誠に軍旅のことは兵《つはもの》に譲られよ」と決しそうになったが、坊門宰相清忠《きよただ》が異議を挟む。「正成が申すところも一理あるが、帝都を捨てて一年の内に二度までも山門へ臨幸することは、帝位を軽んずることでもあり、また官軍の道を失うことにもなる。尊氏が九州勢を率いて上洛するといっても、去年関八州を従えて上洛した時の勢いには劣るだろう。そもそも戦の始めより、味方は小勢で大敵を退けてきたではないか。これは武略の優れたるところではなく、只聖運の天に叶えるところだからだ。だから戦いを帝都の外に決して、敵を鈇鉞《ふえつ》の下に滅ぼさんことに何の子細もないのだから、楠よ、直ちに兵庫へ罷り降れ」

正成は「この上はさのみ異議を申すに及ばず」とて、五月十六日、都を発って五百余騎にて兵庫へ下って行った。

正成是を最期の合戦と思ひければ、嫡子正行が今年十一歳にて供したりけるを、思ふ様有りとて桜井の宿より河内へ返し遣はすとて、庭訓《ていきん》を残しけるは、「獅子子を産んで三日を経る時、数千丈の石壁より是を擲《な》ぐ。其子、獅子の機分あれば、教へざるに中より駆《はね》返りて、死する事を得ずといへり。況や汝已《すで》に十歳に余りぬ。一言耳に留らば、我が教誡に違ふ事なかれ。今度の合戦天下の安否と思ふ間、今生にて汝が顔を見ん事是を限りと思ふ也。正成已に討死すと聞きなば、天下は必ず将軍の代に成りぬと心得べし。然りと云へ共、一旦の身命を助らん為に、多年の忠烈を失ひて、降人に出る事有るべからず。一族若党の一人も死残りてあらん程は、金剛山の辺に引籠つて、敵寄来たらば命を養由《やういう》が矢さきに懸けて、義を紀信が忠に比すべし。是を汝が第一の孝行ならんずる」と、泣く泣く申し含めて各東西へ別れにけり。

（『太平記』巻十六）

万斛《ばんこく》の涙というしかないが、この庭訓そのものに、正成の時局観が表れている。自分が死ねば、世は尊氏のものになること必定である、と断言している。その上で、一族若党が族滅するまで勤王の旗のもとに戦え、それが汝の孝行だという、悲壮というしかない庭訓である。養由とは春秋時代の楚国の弓の名人、紀信は漢の劉邦の忠臣である。

桜井の宿は、いまの大阪府三島郡島本町にある。史跡「桜井駅址」として史跡公園となっており、乃木希典《まれすけ》将軍の筆になる石碑「楠公父子訣別之所」が建っている。もう一つの石碑は明治天皇の御製「子わかれの松のしつくに袖ぬれて昔をしのふさくらゐのさと」で、東郷平八郎元帥の染筆である。この父子訣別の逸話は史実でないと否定する史家の論もあるが、落合直文作詞、奥山朝恭作曲「大楠公」の歌によって広く世に知られた。いまだに懐かしく歌う人もいる。「青葉茂れる桜井の」と始まる一番に続いて、二番はこの父子訣別の場面を歌う。「正成涙を打ち払ひ　我が子正行呼び寄せて　父は兵庫に赴かん　彼方の浦にて討死せん　いましはここまで来つれども　とくとく帰れ故郷へ」

桜井の駅は京都から西宮へ向う西国街道沿いで、都から兵庫へ赴く楠木正成も当然通ったであろう道筋である。このような経緯で兵庫へ向った正成が、尼崎に対陣中、朝廷に一通の書を奉った。

今度は君の戦必ず破るべし。人の心を以てその事を計るに、去る元弘の初、潜に勅命を受けて俄に金剛山の城に籠りし時、私の計ひにもてなして、国中を頼つて其功をなしたるとき、爰《ここ》にしりぬ、皆心ざしを君に通はせ奉りしゆへなりと。今度は正成、和泉河内両国の守護として勅命を蒙り軍勢を催すに、親類一族猶以て難渋の色有る斯くの如し。況や国人士民等にをいてをや。是即ち天下君を背ける事明らけし。然る間正成存命無益也。最前に命を落すべきよし申し切つたり。

（『梅松論下』）

湊川の戦いぶりを聞いた人々は、その最後の振舞と正しく符合していたので、まことに賢才武略の勇士とはこのような人の事をいうのだ、敵も味方も惜しまぬ人がなかったと、『梅松論』は続けている。

この決戦場で、海路の足利尊氏を迎え撃つのが新田義貞、陸路の直義を迎撃するのが正成の役目だった。しかし新田楠木両軍の連携が整わず、特に寡勢の楠木軍は苦戦を強いられた。

正成は舎弟正季《まさすえ》に「敵は前後を遮って味方の陣とは遠い。今は遁《のが》れぬところとなった。まず前の敵を一散に追いまくり、後ろの敵と戦わん」と告げると、正季は同意した。七百余騎を前後に立てて、大軍の中へ駆け入る。直義の軍勢は正成の掲げる菊水の旗を見ると、良き敵いざ、と取り籠めて討たんとするが、正成・正季兄弟は四方八方に駆け入り駆け去って、敵を寄せ付けなかった。その心は、偏に直義の首にあったのである。事実、直義の馬の蹄に矢が刺さって跛行《はこう》している間に、楠木勢に追い詰められて討たれそうになる所を、味方の勇者に危うく助けられ、辛くも逃げ切ったという。これを見た尊氏が新手を投入し、楠木勢は六時間のうちに十六度まで奮闘するが、手勢は僅か七十三騎になった。天命の秋《とき》が来たのである。大楠公の死にざまを、『太平記』はこう描く。

この勢にても打破つて落ちば落つべかりけるを、楠京を出でしより、世の中の事今は是迄と思ふ所存有りければ、一足も引かず戦つて、機已に疲れければ、湊河の北に当つて、在家の一村有りける中へ走入つて、腹を切らん為に、鎧を脱いで我身を見るに、斬疵十一箇所までぞ負うたりける。此の外七十二人の者共も、皆五箇所・三箇所の疵を被らぬ者は無かりけり。楠が一族十三人、手の者六十余人、六間《むま》の客殿に二行に雙居《なみゐ》て、念仏十辺計り同音に唱へて、一度に腹をぞ切つたりける。正成座上に居つゝ、舎弟の正季に向つて、「抑《そもそも》最期の一念に依つて、善悪の生を引くといへり。九界の間に何か御辺の願なる」と問ひければ、正季から〳〵と打笑うて、「七生まで只同じ人間に生れて、朝敵を滅さばやとこそ存じ候へ」と申しければ、正成よに嬉しげなる気色にて、「罪業深き悪念なれ共我も加様に思ふ也。いざゝらば同じく生を替へて此の本懐を達せん」と契つて、兄弟共に差違へて、同じ枕に臥しにけり。

（『太平記』巻第十六）

楠木の一族十三人、従う兵六十余人も、思い思いに並びいて一度に腹を切った。兄菊池肥後守武重《たけしげ》の使いとして須磨口の合戦を視察に来た菊池武吉《たけよし》は、正成が腹を切る所へ行き合せた。ここでおめおめと見捨てて帰るなど、どうしてできようかと思ったか、共に自害して炎の中に打ち伏した。延元元年五月二十五日のことであった。

抑元弘以来、忝《かたじけな》くも此の君に憑《たの》まれ進らせて、忠を致し功にほこる者幾千万ぞや。然れ共此の乱又出来て後、仁を知らぬ者は朝恩を捨てて敵に属し、勇なき者は苟《いやしく》も死を免れんとて刑戮《けいりく》にあひ、智なき者は時の変を弁ぜずして道に違ふ事のみ有りしに、智仁勇の三徳を兼ねて、死を善道に守るは、古《いにし》へより今に至る迄、正成程の者は未だ無かりつるに、兄弟共に自害しけるこそ、聖主再び国を失ひて、逆臣横《よこしま》に威を振ふべき、其前表のしるしなれ。

（『太平記』巻第十六）

楠木正成と同様に、豊臣秀吉もその出自を明確にしない。天文五年（１５３６）もしくは六年の生れで、出生地は尾張国愛智郡中村という。最も古い伝記である小瀬甫庵《おぜほあん》の『太閤記』によれば、父の名は筑阿弥といい、母の懐中に日輪が入った夢を見て、懐妊、誕生したので日吉と名付けたとする。書の冒頭から、すでに英雄伝説に彩られているのである。父の名を木下弥右衛門とする説もあり、こちらの方が有力らしいが、いずれにしても武士階級の出身ではないことは確かである。桑田忠親氏は、秀吉の父を中村の百姓弥右衛門としている。もともと木下という姓は妻おねの実家の姓を援用したとの説もあり、なかなか確証は得られないのが実際である。父の名が筑（竹）阿弥というからには、有力者の同朋衆か、時宗の徒ということであろうか。その子である秀吉が今川氏の配下に仕えたのを皮切りに、十八、九歳の頃から織田信長に仕え始め、果ては従一位関白太政大臣にまで昇りつめるのだから、出世物語としては他に類がないほど人気が出るのも、大いに故あることだろう。

永禄七年（１５６４）、織田信長の東美濃攻めで手柄を立てた所から秀吉の活躍は始り、永禄十二年（１５６９）には京都奉行に取り立てられる。天正元年（１５７３）、浅井朝倉征伐に従い、その戦功の行賞として近江国北三郡十二万石を給せられ、羽柴の姓に改めた。翌年、筑前守に任官、大名として長浜に城を築く。天文六年の生れとすれば、三十八歳のことである。

天正三年、主君である織田信長は三河国長篠で、武田勝頼を破り、翌年安土に城を築く。秀吉は播磨を陥し、但馬を攻め、因幡の鳥取城を攻略、毛利氏の支配する備中高松城を包囲中、天正十年（1582）六月二日、本能寺に於ける信長遭難の報を受け、急遽毛利氏と和睦、所謂中国大返しで畿内へ反転し、同十三日、山城国山崎で明智光秀を討ち果した。二十七日、尾張国清洲で行われた信長の後継者を決める「清洲会議」で、三男信孝を立てた柴田勝家に対して、秀吉は信長と同じく光秀に討たれた嫡男信忠の遺児三法師を擁立、丹羽長秀と池田恒興もこれに賛同し決着、秀吉の天下取りの第一歩となった。十月十五日には亡君信長の葬儀を大徳寺で行っていよいよ声望を高めた。

翌天正十一年閏正月、秀吉の擡頭を快からず眺めていた滝川一益が、伊勢亀山で挙兵するが、秀吉はこれを撃滅、三月、越前北の庄を出陣してきた柴田勝家が北近江の柳瀬に布陣すると、これを迎え撃つのに長浜に陣を敷いた。戦線はしばらく膠着したが、四月二十日、秀吉方の丹羽長秀等が賤ケ岳砦を確保すると、秀吉も大垣城を出て参陣、戦局は大きく変化し、柴田勝家は越前北の庄城へ退却した。しかし秀吉軍の攻勢を支えきれず、二十四日、勝家は城を枕に自刃する。かくて秀吉は、また一歩天下人に近づいたのである。四十七歳であった。同年九月一日、大坂城の普請を開始する。

十二年三月、小牧長久手の戦いで秀吉は徳川家康に敗れるが、秀吉の優位は動かず、十一月、正親町《おおぎまち》天皇は秀吉を従三位大納言に叙任。十二月、家康は秀吉と和睦し、次男於義丸《おぎまる》（秀康）を秀吉の養子とした。事実上の臣従であった。又、同年十月から仙洞御所の縄張りが始った。これは正親町天皇の譲位により、後陽成天皇の即位に至る準備であり、即位、作事、院の御用合せて一万貫を秀吉が拠出することの約束があったと、藤井譲治氏の『天皇と天下人』にある。

天正十三年（1585）三月、秀吉は正二位内大臣、七月十一日に従一位関白に任じられた。翌年六月、上杉景勝上洛、十月、徳川家康上洛、いずれも正式に秀吉に臣礼を取った。十一月七日、正親町天皇は和仁《かずひと》親王に譲位、二十五日に後陽成天皇の即位の礼が行われた。十二月、太政大臣に任官し、豊臣の姓を賜る。秀吉四十九歳であった。翌十五年、薩摩の島津義久を降し九州を平定、凱旋後完成した聚楽第《じゅらくだい》に移る。十月一日、北野天満宮とその神前の松原で、大茶会を催した。

高札

来たる十月朔日、北野松原に於て、茶の湯を興行せしむべく候。貴賤に寄らず貧富に拘らず望の面々来会せしめ一興を催すべく、美麗を禁じ倹約を好み営み申すべく候。秀吉数十年求め置きし諸具かざり立てをくべきの条望次第に見物すべき者也。

八月二日

（『太閤記』巻七）

興行の二月前に立てられたこの高札では、望む者は貴賤貧富に拘らず誰でも来会せよといっている。『太閤記』によれば、高札は洛中はいうに及ばず奈良や堺にも立てられたので、茶の湯に狂う面々が集い、堺の茶人から一段も二段も低く見られていた京の茶人らは、目にもの見せて呉れようと手ぐすねを引いていたらしいことが分る。秀吉がここで披露した自慢の茶器道具には、虚堂の墨蹟を始め、茶碗、茶入れから茶杓、釜、花入れを含め名物の数々四十品に及んだ。中でも名高いのは、大名物の茶壺「四十石」、茶碗「白天目」、「新田肩衝《にったかたつき》」と名づけられた茶入れ、昔武野紹鷗《じょうおう》が所持していた「天下の名品」という「ぞろりの花入」などがある。千利休、津田宗及《そうぎゅう》、今井宗久らも自慢の茶道具を披露している。秀吉はこの三人の茶人に各々三千石を下賜した。大茶会には近衛信尹《のぶただ》や日野輝資《てるすけ》等の公卿、徳川家康、織田信雄、前田利家、蒲生氏郷、豊臣秀長、織田有楽等の茶を嗜む武将も参加して、秀吉は大いに満足した。

茶会の半月前の九月十三日、秀吉は完成した聚楽第に転居した。その際、大坂からの調度や金銀は、数百艘の船に載せて淀まで運び、そこからは荷車五百輛、人足五千人で洛中まで運んだという。それほど膨大な量だったのである。

翌天正十六年四月十四日、後陽成天皇が聚楽第へ行幸された。この日秀吉は御所に伺候し、自ら天皇の御衣の裾を奉持し、鳳輦《ほうれん》にお乗りになるのを手伝った。その行列は、烏帽子を着した警護の侍を先頭に、国母や女御、大典侍《おおすけ》、勾当《こうとう》、女中衆の輿五十余丁が続き、六宮（のちの桂宮智仁《としひと》親王）、伏見宮邦房《くにふさ》親王、九条兼孝、一条内基《うちもと》等の公卿が供奉した。内大臣織田信雄、権大納言徳川家康等武将たちが、その位に従って供奉したのも当然である。警護の武者は六千人を上回ったという。

聚楽第では初日に七献の饗宴、管弦が催され、翌日、後陽成天皇に禁裏御料所用として京中地子銀五千五百三十両余が献上、同じく正親町上皇には京中地子米三百石、六宮には五百石が進上された。その他諸門跡公卿衆には近江高島郡内の八千石を宛行ったのである。天皇の御感斜めならず、三日の予定であった行幸が五日に延長された。御所へ還御された翌日、後陽成天皇は秀吉の室北政所を従一位に叙した。これは室町幕府八代将軍足利義政の室である日野富子以来の厚遇であった。秀吉の得意はまさに絶頂であったろう。この年秀吉は天正大判、小判を作り、いわゆる金配りを行った。政治的にも経済的にも、これを可能にするほどの権力を秀吉は手に入れていたのである。

翌年、愛妾茶々(淀殿)に長男鶴松が誕生する。秀吉五十三歳であった。以後、小田原の北条氏を屈服させ、徳川家康を関東北条氏の旧領に移封、さらに奥州を平定して名実ともに天下人となった。

ここまで順調に天下人の座にのし上がった秀吉だったが、天正十九年(1591)は弟秀長と愛息鶴松を二人ながら失い、養嗣子秀次に関白職を譲り、太閤と称することになった。太閤とは関白を退いた者の謂いであって、これに因って秀吉は朝廷の官職秩序から自由になり、「高麗入り」の実現に進むことになる。これについて桑田忠親氏は、天正十五年、九州平定が成るとともに「唐入り」の構想が意中にあったと、北政所に宛てた秀吉の手紙を引き、その著書で説かれている(『太閤秀吉の手紙』)。

翌文禄元年四月、朝鮮半島に上陸した秀吉軍は快進撃を続け、五月三日、朝鮮の首都漢城を陥したが、既に国王宣祖《せんそ》は平壌へ逃亡していた。逃避行中、まだ漢城より程遠からぬ沙峴《さけん》の辺りで、王城の炎上を見た。これは秀吉軍が焼いたのではない、朝鮮の人民が王宮に乱入し、役所を焼き、国庫から金銭財物を略奪したのである。秀吉軍は漢城に至った時、城門が開いていたが、伏兵あるを警戒して敢て城内に入らず、門外に布陣した。これを迎え入れたのは朝鮮の叛民だという（『近世日本国民史』第七巻　朝鮮役上巻　徳富蘇峰）。こうも易々と漢城が陥ちたのは、朝鮮政府の官人が任務を捨てて逃亡したからであった。この後宣祖は平壌にも安居できず、鴨緑江の畔、鮮満国境に近い義州にまで追いつめられることになるのである。しかし朝鮮政府軍の不甲斐なさとは別に、慶尚道から始まった義勇軍の蜂起は朝鮮全土に拡大し、朝鮮水軍によって補給路を脅かされた秀吉軍の進撃は停滞し始めた。翌年一月、明国の援軍によって平壌を奪い返され、明軍は漢城に迫った。以後勝敗こもごも到るが、一旦和議の交渉が始る。但しこの和議は小西行長と明将沈惟敬《しんいけい》との偽計であり、最終的に秀吉を騙しきることができず決裂、慶長二年（1597）二月の派兵を引き起すことになった。結局、文禄慶長の両役はいずれの国にも決定的な勝利をもたらさず、秀吉の薨去によって終結を見るのである。この派兵は、東洋における伝統的な冊封体制に挑む秀吉の挑戦であり、新たな貿易の方法を模索する萌芽でもあったが、日本においては豊臣政権の没落につながり、明国は派兵による戦費で衰亡し、女真族による清朝の統治への道を開き、朝鮮は国土を踏みにじられて、大きな恨みを残すことになった。

麾下の将兵が朝鮮半島で苦闘を重ねている時、秀吉の身体は徐々に蝕まれつつあったが、明国との講和が図られていた文禄二年（1593）八月三日、秀吉に次男秀頼が生れていた。淀殿の所生である。秀吉は「お拾《ひろい》」と名付け溺愛した。長男鶴松を「棄《すて》」と名付けたのと同様に、捨て子や拾い子はよく育つという民間の習俗に頼ったのである。この頃秀吉は、複数の側室に宛ててよく手紙を書いている。筆まめであることは心遣いの手厚さを表しているといえるだろう。人たらしという評語は、こういう心遣いの結果でもある。

返すぐ〳〵、御ゆかしく候まゝ、やがて〳〵参り候て、口を吸い申すべく候。又、われ〳〵留守に、人に口を御すわせ候はんと思ひまいらせ候。鷹の雁三竿進上。

これは文禄四年正月二日に、秀吉が三歳になった秀頼に送った手紙の前半である。宛名は「御ひろいさま」で、「大さかより　大かう」と自署している（前掲『太閤秀吉の手紙』）。子供に接吻したいという有名な手紙である。配下の大名たちには、「お」を付けず「拾」と呼ぶように指示しながら、自分はいつしか「お拾」と呼ぶようになってしまった。そして人生の晩年に至って授かった子に対する愛情が極まった末に、五大老に宛てた「末期の手紙」へとつながって行くのである。

慶長三年（1598）三月十五日、病勝ちだった秀吉が一旦本復し、醍醐寺で花見を挙行した。世にいう醍醐の花見である。『太閤記』によれば、「白髪は貴賤を分たず、月は雲を除《よぎ》ず、花は風を厭はず、死は時を期《ご》せぬ習、目前なり。いざ此の春は北政所に醍醐の花を見せしめ、環堵《かんと》の室を出でやらぬ女共にもいみじき春に合せ、胸の霞をはらし、一栄一楽に世を忘れさせんと思ひ寄りしなり」との秀吉の計画だったという。「環堵の室を出でやらぬ女共」とは、「狭い部屋に閉じ込められた女たち」という意味である。正室北政所を始め、秀頼、淀殿、松の丸殿ら側室の面々を引き連れて花を愛でた。この花見のために、大和などから三千本の桜樹が移植されたという。近臣、大名らが供奉したことはいうまでもない。勅使が遣わされ、摂関家清華家からも使者が参向し、京や堺の歴々からは季節の佳肴や各地の美酒が齎された。花見の饗宴は大成功を収めたのである。

四月十八日、秀吉は秀頼を伴って参内する。秀頼は前年元服し、左近衛権中将に任ぜられていたが、改めてこの参内で権中納言に任ぜられた。六歳である。秀吉から年頭の挨拶として、後陽成天皇に銀五十枚、白鳥三羽、太刀が献ぜられ、秀頼からも同じく銀五十枚、白鳥三羽、太刀その他が献上された。明らかに後継者秀頼のお目見えだった。しかし一時小康を得た秀吉の身体は本復せず、五月には伏見城で病臥することになった。六月に赤痢を患ったあとは床を離れることができず、命終《みようじゆう》を自覚せざるを得なかった秀吉は、八月五日、五大老に宛てて遺言状を認めた。

返すぐ、秀頼事、たのみ申し候。五人の衆たのみ申し上げ候く。いさい、五人の者に申しわたし候。なごりおしく候。以上。
秀頼事、成りたち候やうに、此の書付の衆として、たのみ申し候。なに事も、此のほかには、おもひのこす事なく候。かしく。

八月五日

秀吉　御判

いへやす
ちくぜん
てるもと
かげかつ
秀いへ

まいる

（前掲『太閤秀吉の手紙』）

八月十八日、従一位前関白太政大臣、豊臣朝臣秀吉は薨去した。辞世。

つゆとをちつゆときへにしわがみかな難波の事もゆめの又ゆめ

これが一代の英傑豊太閤の最期である。五大老に宛てた遺言は、我が子の行く末を案じる父親の真情に溢れているが、断ずれば泣き落しの哀願であろう。これは、天下を統一し、行くとして可ならざるはない時期の英姿とははなはだしい懸隔がある。織田信長の後継者として、茶道具の政治的利用と共に、刀剣蒐集癖をも受け継いだ秀吉が、形見として諸大名に分配した刀剣は、『太閤記』によれば、百六十七振りにも及ぶ。相州正宗、粟田口吉光、備前長光、当麻《たいま》、来《らい》国俊等〻、「一期一振」と名づけられた吉光の太刀や、同じく吉光の「骨喰藤四郎《ほねばみとうしろう》」は、名物中の名物である。この二振はいずれも火災に遭っているが焼き直され、前者は御物、後者は重要文化財に指定されている。

今、刀剣を例に挙げたが、絵画、墨跡、茶道具に至るまで、天下の名物は秀吉の一身に集まっていた。そして唯一つ欠けているものが、後継者だったのである。秀吉が泣訴哀願せざるを得なかった所以は、この一点にかかっていたのである。

一方辞世の歌は、事前に用意したものとはいえ、自己の生涯を振り返り、恬然《てんぜん》とした自足と達観が読み取れる風格がある。

翌年四月、秀吉は後陽成天皇から豊国大明神の神号と正一位を追贈された。

第七章　吉田松陰——狂と猛の涙

吉田松陰（山口県文書館所蔵）

吉田松陰は、天保元年（1830）八月四日長門国萩城下に長州藩士杉百合之助の次男として生れ、安政六年（1859）十月二十七日、江戸伝馬町の獄舎で斬首により刑死した。享年三十である。五歳にして叔父吉田大助の養子となり、翌年養父の死去に伴い、吉田家の当主となった。吉田家は代々山鹿流兵学師範として毛利家に仕えたが、家学継承のために五歳から松陰を教育したのが叔父玉木文之進《ぶんのしん》であった。文之進の教育は苛烈を極め、講義中些かの姿勢の乱れも許さず、時には家の外にも投げ飛ばされたが、幼き松陰はよくこれに堪え、学問に励んだという。

天保九年、九歳で山鹿流兵学教授見習として、藩校明倫館に出仕、翌年、家学の初講義を行う。十一歳になった天保十一年、藩主毛利敬親《たかちか》の前で『武教全書』を講じた。妹千代の回想によれば、立派に講義を勤め上げて、褒美まで貰って帰宅したということである。

弘化二年（1845）十六歳の折、山田亦介《またすけ》について長沼流兵学を学び始めたが、山田から世界情勢について知見を得るに従い、国の前途に危機感を抱くようになった。狂と猛の萌芽といってよかろう。ここから松陰の猛勉強が始る。書物を繙いて学ぶとともに、諸国を回遊して大いに見聞を広めたのである。

松陰は意志の人であった。そして少年の頃より、怠るということを知らない人であった。心の清潔な人であり、その不潔を憎む人であった。さりとて謹厳に裃《かみしも》を付けたような四角四面の人ではなく、家族にも門弟たちにも、誠意を以て温かく接する人であった。そのような人が狂を発し、猛に突き進むのは、国と民の前途を憂えるからであり、それが武士の本分と覚悟していたからである。

狂とは何か。『講孟劄記《さつき》』（講孟余話ともいう）「巻の四下」の第三十七章、第三十八章でこう論じられている。『講孟劄記』とは『孟子』を講ずるための研究ノートというような意味で、嘉永七年（1854）、松陰はアメリカの艦船に乗り込み、密航を企てたが米艦に拒否され、下田で自首して縛につき江戸に送られた。その後自藩幽閉を命じられ、萩城下の野山獄で同囚たちへ行った講義録である。

万章問ひて曰く、「孔子陳に在《いま》して曰く、盍《なん》ぞ帰らざる、吾が党の士狂簡にして進み取り、其の初めを忘れずと。孔子陳に在して何ぞ魯の狂士を思ふや」。孟子曰く、「孔子（曰く）中道（の人）を得て之れに与《くみ》せずんば、必ずや狂獧《きやうけん》か。狂者は進みて取り、獧者は為さざる所あるなりと。孔子豈《あ》に中道を欲せざらんや、必ずしも得べからず。故に其の次を思ふなり」と。「敢へて問ふ、何如なるを斯《ここ》に狂と謂ふべき」。曰く、「琴張・曾皙・牧皮の如き者は、孔子の所謂狂なり」。「何を以て之れを狂と謂ふか」。曰く、「其の志嘐々然《かう〳〵ぜん》として、曰く、古《いにしへ》の人、古の人と。夷《たひら》かに其の行を考ふれば、掩《おほ》はざる者なり。狂者又得べからず。不潔を屑《いさぎよ》しとせざるの士を得て之れに与せんと欲す。是れ狷なり。是れ又其の次なり」

（『吉田松陰全集』第三巻）

白川静氏はその著作である「狂字論」で、「狂」なる精神は二つの側面からなり、「一は自己貫徹的な誠実さ」則ち「狂者は進みて取る」、もう一つは「自己投棄的な誠実さ」則ち「楚辞」に見える「命ならば則ち幽にも処《を》らん」精神であると説く。「命」とは、「天の命ずる之れを性といふ」なる『中庸』の一節で、人間の内発的な自覚として性善説の根柢となる命題である。しかし狂者の進んで取る道は概ね悲劇に終る。「理想は俗世間に敗れる」からである。

「かくすればかくなるものと知りながらやむにやまれぬ大和魂」という有名な歌がある。これは松陰が江戸に護送される時、高輪の泉岳寺を過るに際して、赤穂浪士を偲んで詠んだ歌というが、狂の精神の発露として、松陰の真情が溢れている。先に引いた『孟子』の記述について、松陰はこう解説する。第三十七章は「中道狂狷郷原《きやうげん》を論列し、最も狂狷を渇思し大道を伝へんと欲す。所謂『万世の為に太平を開く』と、是れなり」、第三十八章は「尭舜湯文孔子を歴挙して、身大道を以て自ら任ずるの志を示す。所謂『往聖の為に絶学を継ぐ』と、是れなり」。この「往聖の為に絶学を継ぎ、万世の為に太平を開く」の語は、『近思録』に宋の張横渠《ちようおうきよ》の語としてあり、先の大東亜戦争終結に際し、昭和天皇の詔勅中に「万世の為に太平を開かむと欲す」と引かれて名高い一句である。

この「中道狂狷」について、松陰はこう論じている。

中道の士は美質全徳を以て尚《くは》ふることなし。論ぜずして可なり。其の次は常情を以て論ずれば、郷原の人、人に益ありて世に害なき者の如し。其の次は狷者は世俗に異るものありと雖も、大過罪なきが如し。狂者に至りては礼法を乱り政教を害す。其の世俗の厭ひ悪《にく》む（所）となる、亦宜《うべ》ならずや。孟子の是非、頗る正義に謬戻《びうれい》するに似たり。是れ其の故何ぞや。云はく、噫《あゝ》、是れ郷原の見なり。孟子戦国の時に生れ、其の道遂に流俗汙世《おせい》に合はず。是の茫々たる宇宙、尭舜湯文孔子の道、払地して復た存するものあることなし。僅かに孟子の一身に存す。孟子の任、至重至大、必ず気力雄健［狂者］、性質堅忍［狷者］の士を得て、其の盛業を羽翼するに非ずんば、何ぞ其の任を負荷することを得んや。是を以て孟子の狂者を重んじ、狷者を之に次ぎ、郷原を悪むの心事を忖度すべし。孔子と雖も亦同じ。

（同）

中道の士は素質や人徳に欠ける所がなく、その上に何かを加えることがない申し分ない人物ではあるが、探してもなかなか見つからない。普通に考えて次善の人は何かといえば、郷原、狷者であり、狂者に至っては礼儀を無視し、政教を害して、世の中の顰蹙を買った。その狂者を孟子が称揚するのは何ゆえかとの疑問に対して答えたのがこの一節である。郷原とは村の善人とか、八方美人とか、偽善者とか訳されるが、要するに俗人のことであり、孔子は「郷原は徳の賊なり」と、激しい言葉で排斥している。だから孟子の言葉が正義に反するのではないかという疑問に対して、松陰は、それこそが郷原の意見なのだと窘《たしな》めるのである。孟子が生れたのは戦国の世で、彼が求める道は全く湮滅《いんめつ》してしまったような世の中だった。その道は僅かに孟子の一身にのみ存していたのである。だから孟子の任務は重大で、必ず気力雄健の狂者や、性質堅忍の獧者を得て、理想追求の大業を補佐させる以外に任務の遂行を担うことができなかった。これが孟子の狂者を重んじ、獧者を次善とし、郷原を悪む所以である、その心中を忖度せよ、孔子も亦同じ考えであると力説するのである。続けて松陰はこう述べる。

抑〻余大罪の余、永く世の棄物となる。然れども此の道を負荷して天下後世に伝へんと欲するに至りては、敢て辞せざる所なり。是の時に当りて中道の士の遽《には》かに得べからざるは古今一なり。故に此の道を興すには、狂者に非ざれば興すこと能はず。此の道を守るには、獧者に非ざれば守ること能はず。則ち其の狂獧を渴望すること、亦豈孔孟と異ならんや。且つ郷原の害、今猶ほ古《いにしへ》の如し。其の人、口には孔孟程朱を唱へ、身には忠信廉潔を飾り、其の吾が輩を視ること鬼蜮《きよく》の如く、蛇蝎の如く、国体を尊び、夷変を憂ひ、臣節を励まし、人材を育するの説を悪むこと、異端曲説、外道邪魔の如し。此の説熄《や》まずんば、天地の誣罔《ぶまう》に陥り、道義の荊榛《けいしん》を生ずる、勢禁ずべからざるのみ。然れども狂者獧者を網羅し、是を中道に帰せば、何ぞ郷原を悪むに足らん。

（同）

そもそも自分は大罪を起し、世間から見捨てられたが、この孔孟の道を担って、天下後世に伝えようという望みは、些かも責任を辞することはない。その際、理想的な中道の士は古今を通じて見つけ難いので、道を恢復するには狂者でなければできないし、道を守るには狷者でなければ不可能である。これは孔子孟子と同様である。そして郷原の輩の害は、今なお昔と異ならない。その族は口では孔孟や程朱の学を唱え、身には忠信廉潔の様子を気取り、この松陰を亡霊や蛇、蝎のように見なし、国体を尊び、外寇を憂え、臣下の節義を励まし、人材を育成せよという説を憎むこと異端曲説、外道悪魔のようだ。この論説が続くようなら、天地には虚偽が蔓延し、道義は茨が生えるように頽廃する。しかし、狂者狷者を呼び集めて中道に導けば、どうして郷原を憎むことがあろうか、と。

ただ、ここで注意すべきは、孔子孟子の言行への盲従を、松陰が強く戒めているということである。『講孟劄記』の冒頭で、松陰はこう説く。

経書を読むの第一義は、聖賢に阿《おもね》らぬこと要なり。若し少しにても阿る所あれば道明かならず、学ぶとも益なくして害あり。孔孟生国を離れて他国に事《つか》へ給ふこと済まぬことなり。凡そ君と父とは其の義一なり。我が君を愚なり昏《こん》なりとして、生国を去りて他に往き君を求むるは、我が父を頑愚として家を出でて隣家の翁を父とするに斉《ひと》し。孔孟此の義を失ひ給ふこと、如何にも弁ずべき様なし。或ひと曰く、孔孟の道大なり、兼て天下を善くせんと欲す。何ぞ自国を必ずとせん。且つ明君賢主を得、我が道を行ふ時は、天下共に其の沢《めぐみ》を蒙るべければ、我が生国も固より其の外に在らずと。

（『吉田松陰全集』第三巻）

松陰は、『論語』の「道無くんば即ち隠る」という出処進退を否定する。主君が暗愚だから生国を捨てて他国に行くのは、自分の父が頑迷だから隣家の老主人を父とするのに等しいというのである。ある人が、「孔孟の道は偉大で、なべて天下を善くすることを望んでいるので、自国に拘ることはない、明君賢主が道を行う時は、天下皆その恵みを受けるので、自分の生れた国も当然その中に含まれるのだから」といった。これに対して松陰は、こう答える。天下を善くしようとして自分の国を去るのは、国を治めようとして身を修めないのと同然だ。修身・斉家・治国・平天下は『大学』の順序であって、決して乱してはならない。もし身や家を捨てて国や天下を治平したとしても、春秋時代の管仲《かんちゅう》と晏嬰《あんえい》の如き者であって、正道によらずに臨機の処置で利を得たものである。（管晏の二人は家を顧みずに斉国を強大にしたが、孟子は管仲のやり方を覇道と断じた曽西の言葉を挙げ、この二人と比較されることを快く思わなかった。『孟子』公孫丑　上）

主君に仕える者たちが、功業が立たなければ国家に益がないというのは大いなる誤りだ。道を明らかにして功を計らず、義を正して利を計らずという通り、主君に仕えて意見が合わないときは、諫死するもよい、幽囚されるもよい、餓死するもよい。これらの事に遇えば、その身は功業も名誉も無いように思われようが、人臣の道を失わず、永く後世の模範となり、必ずその風に感奮興起する者が出てくる。そして遂にはその国風が一定して、賢愚貴賤みな節義を崇尚するようになるのである。されればその身に於いて功業や名誉がないようだが、百年千年の未来にかけて、その忠は計り知れないものがある。だからこれを大忠というのである、と。

そして議論は日本と漢土との国体の違いへと進んで行く。かの国では禅譲放伐によって国家の興亡があるが、我が国では上は皇室から下は諸藩に至るまで、千万世世襲して断絶がないことは、なかなか漢土などに比べるべきものではない。いってみれば漢土の臣は半季一季の渡り仲間《ちゅうげん》のようなものである。だから主の善悪を選んで移り歩くのは当然のことである。我が国の臣は譜第の臣なので主人と死生休戚《きゅうせき》を共にして、死んでも主を捨て去るという道は絶えてない。あゝ、我が父母はどこの国の人か、我が衣食はどこの国の物か、書物を読み、道を知るのは誰の恩を受けているのか。少しばかり主と意見が合わないからといって、突然その許を去るというのは、心のありようとして如何なものか。私は孔子孟子をこの世に呼び出して、一緒に議論をしてみたいと思う、と松陰はいっている。

先に引いた「或ひと曰く、孔孟の道大なり云々」の「或ひと」とは、長州藩の大儒である山県太華《たいか》である。松陰は『講孟箚記』を、知人の仲介で太華へ送り、評を乞うていた。松陰説に対する「評語」は、儒者としての孔孟に対する絶対的帰依は当然として、世界認識や皇室、幕府への態度は現状に自足して、日本という国の危機に対する松陰の憂情を全く理解せぬ学者のものだった。松陰に「太華翁の講孟箚記評語の後に書す」と題した一文がある。ここで松陰は、

「自分は罪を得て獄に下り、すべての行動を起せなくなった。けれども皇朝千秋の徳に浴し、藩侯には重代の恩を蒙っている。区々たる身の自分でも、責任は軽くない。だから厚く自ら激昂し、皇道国運の隆盛を己の任務とするのである。それが余話（箚記）を著した理由だ」といっている。続けて「但だ浅識陋学《ろうがく》だから、肯《あ》えて自らを信ぜず、有道の士に就いて間違いを正そうとした。藩の学者を見回してみると、その徳望に優れた老成の人といえば、太華県翁に及ぶ人はない。因って稿を起して教えを乞うたのである」と。

何故太華の評を得ようとしたかといえば、「翁は年は七十、病廃久しいといえども、道を守る志は些かも衰えてはいない。それが証拠に、半身は痿痺《いひ》し、字は左手で書くという次第で、その点画を見ると、ギクシャクしたり傾いたり、あるいは絶えあるいは続く。紙に筆を下す時の困難は想像に難くない」と、敬意と病身の困難を思いやりつつ、評語の内容についてはこう反駁する。

前輩気根の深厚なる、亦復た如何ぞや。然れども其の立論、悖謬乖戻《はいびうくわいれい》、忌憚あるなし。大意は幕府を崇んで朝廷を抑ふるに在り。朝廷の衰微未だ此の時より甚しきものあらざるに、而も太華猶ほ以て未だ足らずと為し、之れを罵り之れを詆《そし》り、唯だ人の朝廷の徳を思はんことを恐る。是れ其の志、朝廷を滅ぼして幕府を帝とするに非ざれば、則ち饜《あ》かざるなり。

（同）

松陰は更にいう。「およそ皇国の皇国たる所以は、天子の尊いこと万古不易であるからだ。苟も天子を易《か》えることができるのであれば、幕府も帝とできようし、諸侯も帝とできようし、士大夫も、農商も、夷狄《いてき》も、禽獣《きんじゆう》も帝になれるだろう。それなら皇国と支那・印度と何を以て区別するのか。自分は未だ曾て幕府を軽蔑したことはないが、独り朝廷を甚だしく尊ぶことから、太華から斥《しりぞ》けられることになった。しかし、自分は皇道国運のために立言するので、どうして太華の黜斥《ちゆつせき》を避ける必要があろうか」

乃ち幕府の刑辟《けいへき》と雖も、亦避くるに遑《いとま》あらざるものあり。然れども太華の論は幕府の美《び》疢《ちん》なり。吾れの言は幕府の薬石なり。美疢を進めて薬石を斥くるは少しく智識ある者の敢へて為さざる所、況や幕府をや。夫《か》の諸侯は幕府の臣たり、天朝の臣に非ずと謂ふが若《ごと》き、是の編を読む者、蓋《けだ》し切歯せざるなきに似たり。然れども官あり位あり、名分截然たり。則ち余の憂ふる所、是《ここ》に在らざるなり。皇道の通塞、国運の否泰、其の機微なり。深慮の人に非ざれば、其れ誰れと之れを与《とも》にせん。

安政丙辰十月念八日　　二十一回猛士藤寅書す

（同）

これが反論の末尾である。疢とは病であり、人の欲望を誘って病に陥らせる美食のことでもある。つまり、「太華の論は幕府の美疢なり。吾れの言は幕府の薬石なり」とは、太華の論は甘言に因って幕府を弱らせる毒であり、自分の言葉は幕府の病を癒す薬だということであった。結句、自分と憂いを共にする深慮の人でなければ、一緒に行動することはできない、と言い切っている。そして末尾には、二十一回猛士と署名するのである。松陰の『二十一回猛士の説』によれば、その由来はこうである。

「自分は庚寅の年に杉家に生れ、長じて吉田家を嗣いだ。甲寅の年（安政元年　1854）、罪せられて入獄した。獄中で夢に神人が現れ、一枚の紙を渡された。そこに二十一回猛士と書かれていたが、忽ち夢が覚め、つらつら思うに、杉の字に二十一の象《かたち》があり、吉田の字にも二十一回の象がある。自分の名は寅（次郎）で、寅は虎に属し、虎の徳は猛である。自分はちっぽけで弱弱しい。虎の猛を以て師と為さなければ、どうして士たることを得られようか。自分が事に臨んで猛を為したのが三回ある。それぞれ罪を得たり、謗《そし》りを受けた。今は下獄して何事も為し得ない。しかし、猛の未だ遂げ得ざるものがなお十八回ある。その責《せめ》は重い。神人は、松陰が日々益々孱弱《せんじやく》、卑微になり、ついにその志を遂げることができなくなることを危惧しているだろう。故に天意を以てこれを夢に示したのである。そうであるなら、自分が志を蓄え、気を弁《あは》せるのは、実に已むを得ないことではないだろうか」

杉、吉田に共通する二十一とは、杉の字を分解すると、十と八と三、これを足すと二十一、吉田という字も同様に、十一と十と口二つで二十一回となるからだ。夢告というものに根拠があるかと問うてみても、詮ないことである。要するに松陰がこう決意を固めたのである。

久坂玄瑞と共に松下村塾の双璧とされた高杉晋作に、「聊《いささ》か小詩を賦して英魂を弔《とむら》ふ」という詩がある。

真箇関西志士魁　　真箇関西志士の魁《さきがけ》
英風鼓舞我邦来　　英風我が邦を鼓舞し来たる
霊魂可識多遺憾　　霊魂識るべし遺憾多きを
猛気猶余十八回　　猛気猶余す十八回

（『高杉晋作全集』下巻）

高杉は、先師の詩に「振猛尚余十八回」との一行があることを追記している。高杉晋作の号として知られているのは「東行」だが、別に「西海一狂生」「東洋一狂生」とも称していた。困難にも拘らず進んで取るのを狂者とするなら、猛気こそ狂挙を支える根源であろう。松陰は安政五年（1858）正月、「狂夫の言」を作した。

「天下の大患は、其の大患たる所以を知らざるに在り。苟も大患の大患たる所以を知らば、寧《いづく》んぞ之れが計を為さざるを得んや。当今天下の亡びんこと已に決す、其の患復た此れより大なるものあらんや。夷蛮戎狄の我れを環伺するもの、勝《あ》げて数ふべからず。而して墨夷最も驕なり」

その患《うれい》の最大のものは墨夷、則ちアメリカだというのである。そのアメリカを筆頭に、欧米の脅威を撃退するには何が必要かといえば、文武勤倹、人材登用、その上で国防を充実して弊風を一新すること以外にない……。人材登用の法について、松陰はこう書く。「貴族に人なくんば、これを寄組に取る、是れ今日の資格の常なり。拡めて之れを論ぜんに、寄組に人なくんば、これを大組に取り、之れを遠近・無給に取り、之れを徒士・足軽に取り、之れを農工商賈に取るも不可あるなし」といっている。藩主の一門に人材がいなければ、それに次ぐ高禄の家臣より、そこにも人材がいなければ順に下へ辿って行き、足軽に至っても人がいなければ、農工商人にまで手を拡げて登用しても何の差支えもないとするのである。この発想は、門下の俊秀高杉晋作が奇兵隊員の募集に際して、身分を問わず人材を求めたこととの先蹤であろう。既に松陰は、この時点で時代を先取りしていたのである。そしてこの憂国の書はこう締めくくられる。

鳴呼、今日の計、大略此くの如し。然れども今日の患は、人未だ其の患たるを知らざれば、則ち吾が計を以て暴と為し狂と為すも亦宜《むべ》なり。人以て暴と為し狂と為せども、而も吾れ猶ほ言はざるべからざるものは、是れを舍《お》けば国家の亡立ちどころに至ること疑ひなければなり。然りと雖も、今日の計と今日の患とは豈に是くの如くにして止まんや。苟も是れすら且つ知らず行はざれば、天下復た為すべきものなからん。噫。

人二十一回子を狂夫と謂ふも、回子は乃ち猛士にして狂夫に非ざるなり。然りと雖も狂夫の言は、聖人これを択《と》る、詎庸《いづくん》ぞ傷《いた》まん。狂夫の言を作る。正月六夜書す。

（『吉田松陰全集』第五巻）

松陰は書中で、自分は猛士であって狂夫ではないといっているが、時勢を見る目はいよいよ先鋭化し、しばしば狂を発するようになる。この年の暮れに、再び野山獄に収監され、翌安政六年の手紙には「狂」の文字が頻出するようになる。「狂悖《はい》の人、利《よろ》しき所なし。已んぬるかな、已んぬるかな」「諸友其の志を挫くは吾が気体血肉を挫くなり。是を以て日々楽しまず、書を読み古人の事を観る時は悲泣《ひきふ》に堪へず。往々巻を掩《おほ》うて伏し、伏して眠ること能はず。又起きて読む。旁人狂とするとも顧みず」「如何如何、僕已に狂人」「小生発狂、父母兄弟の情絶えて之れなく」等々である。

書簡で「書を読み古人の事を観る時は悲泣に堪へず」というのは、例えば「照顔録」冒頭に「文山曰く、『風檐《ふうえん》書を展《ひら》いて読めば、古道顔色を照す』と。今吾れ将に去らんとす。平生の万巻、要は皆索然たり。反つて一両句の耿々《かうかう》として顔を離れざるものあり」とある中に引かれた、文天祥（文山）の「正気歌」の結句が、頭から離れないということであって、「照顔録」なる命名も、「古道顔色を照す」によるのは明白であろう。同書中、「文天祥」の項では、「文山の大節、何ぞ称述を待たんや。但だ其の平生自ら奉ずること甚だ厚く、声妓《せいぎ》前に満てり。勤王の後、痛く自ら貶損《へんそん》するの一事、真に誠に泣くべし。かかる真実の行なくては、太節も立たざるなり。醇《じゆん》酒腸《しゆ》を腐らし、美人精を耗《かう》するの人、何の気魄光焰あらんや」と称揚し、自らへの戒めとしているのである。

松陰の涙は、歴史への回顧と先人追慕の情による。松陰の歌を集めた「涙松集」に収められた歌に、「そのかみのいつきの島のいさをしを思へば今も涙こぼるる」とあり、「厳島」と題が付けられている。藩主毛利家の祖元就が、厳島に陶晴賢《すえはるかた》を討った事を回想して詠んだ歌である。

又、松陰の漢詩を集めた「松陰詩稿」に、「九月念一日作」の題を持つ詩を見ると。

殷商方沸羹　殷商まさに沸羹《ふっかう》
吾独事坐読　吾れ独り坐読を事とす
書中遇古賢　書中古賢に遇ひ
興亡交歌哭　興亡交ゝ歌ひ哭す
悠々今之人　悠々たる今の人
瞻烏于誰屋　烏を瞻《み》るに誰が屋に于《お》いてせん

あるいは「叢棘随筆《そうきよくずいひつ》」にはこうだ。「三十一、吾れ蘇東坡《そとうば》の事を読む、御史の獄に下るに泣かずして、金蓮の燭を撤するに至りて痛哭已む能はず。至誠の人を動かす、百世の下、生色あり」と。又。

余嘗て東に遊び三たび湊川を経、楠公の墓を拝し、涕涙禁ぜず。其の碑陰に、明の徴士朱生の文を勒《ろく》するを観るに及んで、則ち亦涙を下す。噫、余の楠公に於ける、骨肉父子の恩あるに非ず、師友交遊の親あるに非ず。自ら其の涙の由る所を知らざるなり。朱生に至りては則ち海外の人、反つて楠公を悲しむ。而して吾れ亦朱生を悲しむ、最も謂《いは》れなし。退いて理気の説を得たり。乃ち知る、楠公・朱生及び余不肖、皆斯の理を資《と》りて以て心と為す。則ち気属《つづ》かずと雖も、而も心は則ち通ず。是れ涙の禁ぜざる所以なり。余不肖、聖賢の心を存し忠孝の志を立て、国威を張り海賊を滅ぼすを以て、妄りに己が任と為し、一跌《てつ》再跌、不忠不孝の人となる、復た面目の世人に見ゆるなし。然れども斯の心已に楠公諸人と、斯の理を同じうす。安んぞ気体に随つて腐爛潰敗するを得んや。必ずや後の人をして亦余を観て興起せしめ、七生に至りて、而る後可と為さんのみ。噫、是れ我れに在り。

（「七生説」）

そしてこういう精神の在り様の果てに、「狂」の字は門下にも浸透して行くのである。高杉晋作は文久二年（1862）、幕府派遣の使節団に加えられ、上海に渡っている。そこで晋作が眼にしたのは、英仏人が支配する租界の姿であり、西洋人が道を闊歩すれば、路傍にこれを避ける支那人の屈辱であった。師松陰が憂えた「大患」が、晋作の面前で行われていたのである。もはや「狂挙」によるしか救国の道はないと、晋作は確信するに至ったのであろう。以下の書は文久二年閏八月下旬頃、江戸にいた桂小五郎に宛てたものである。

……狂挙の義は在京の節より決心致し居り候事なれども……弟狂挙一件の義申し上げざれども……今にして思へば、去歳狂挙致しなば、二国を今日の窮処には置かぬものをと、窃《ひそか》に落涙仕り候……右故この度も断然独志狂放のそしりを顧みず、この狂挙に及び候……。

（『高杉晋作全集 上』）

杜甫にも「狂夫」と題する詩がある。

万里橋西一草堂
百花潭水即滄浪
風含翠篠娟娟浄
雨裛紅蕖冉冉香
厚禄故人書断絶
恒飢稚子色凄涼
欲塡溝壑惟疏放
自笑狂夫老更狂

万里橋西の一草堂
百花潭水即ち滄浪
風は含む翠篠《すいせう》の娟娟《けんけん》として浄きを
雨は裛《つつ》む紅蕖《こうきょ》の冉冉《ぜんぜん》として香しきを
厚禄の故人は書断絶し
恒飢《こうき》の稚子は色凄涼なり
溝壑《こうがく》に塡《ふさ》がんと欲するも惟《た》だ疏放なり
自ら笑ふ狂夫老いて更に狂するを

これは杜甫が成都に草堂を営んでいた時に詠じた詩だが、『論語』のいう「進んで取る狂者」ではなく、自由に生きる隠遁者のようである。「狂夫」の意も幅広いが、言葉そのものも様々に遣われている証であろう。

さて松陰の著した「狂夫の言」は、六月に江戸より帰郷した藩主の目にとまり、更なる上申も許された。藩政府より門人を引見することも認められ、松下村塾は大いに活動した。しかし、老中間部詮勝《まなべあきかつ》要撃の企てが公になるに及んで、再び野山獄に収監されるに至る。獄中松陰の猛気は些かも衰えず、ますます時勢への危機意識は旺盛になるばかりだった。しかし、猛は必ずしも暴を意味するものではない。安政六年二月某日の、「諸友宛」の手紙にはこうある。

中谷、久坂、高杉等へ伝へ示し度く候。平時喋々たるは、事に臨んで必ず唖、平時炎々たるは事に臨んで必ず滅す。孟子浩然の気、助長の害を論ずるを見るべし。八十送行の日、諸友剣を抜く者あり。又聞く、暢夫江戸に在りて斬犬の事ありと。是れ等の事にて諸友気魄衰茶《すいでつ》の由を知るべし。僕今死生念頭全く絶ちぬ。頭断場へ登り候はば、血色敢て諸友の下にあらず。然れども平時は大抵用事の外一言せず、一言する時は必ず温然和気婦人好女の如し。是れが気魄の源なり。慎言謹行卑言低声になくては大気魄は出るものに非ず。張良鉄椎《てつつい》の時の面目を想ひ見るべし。

（『吉田松陰全集』第九巻）

文中、八十《やそ》とは前原一誠、暢夫は高杉晋作のことである。松陰は、平時に大言壮語する者は、切所に臨んだ時、必ずしくじるというのである。衰茶とは泥のように疲れ衰えることをいう。「張良鉄椎の時の面目」云々は、秦の始皇帝が諸国巡幸中、張良が博浪沙《はくろうさ》に於いて始皇帝が乗る車駕を狙って、剛力の者を雇って百二十斤の鉄槌を投げつけた。事は失敗に終ったが、この時の豪胆な張良の態度を称揚したのである。又、始皇帝の暗殺を燕の太子丹《たん》から依頼された荊軻《けいか》は、慎重に計を謀り、信頼すべき人物の到着を待っていたが、丹は事を急ぎ、その人物を待つことなく、十三歳で人を殺したという秦舞陽《しんぶよう》なる無頼漢を連れて出発することを促した。荊軻はやむなく舞陽を伴って秦宮に至り、始皇帝に近づくことに成功したが、怖気づいた秦舞陽が顔色を変え震え出したので、結局事は破れて刑軻は斬殺された。『史記』を読み込んでいた松陰のことである、荊軻の顚末も当然頭にあったに違いない。

安政六年四月十九日、幕府は松陰を江戸へ召喚することに決め、江戸の長州藩邸へ命を下す。五月二十五日、松陰の獄輿は萩を出発、六月二十四日、江戸に着到、桜田の藩邸に入牢。七月九日、幕府評定所に於いて尋問の末、伝馬町の獄舎に収監された。遺書ともいうべき『留魂録《りゅうこんろく》』はこの獄中に成ったものである。冒頭、「身はたとひ武蔵の野辺に朽ちぬとも留め置かまし大和魂　十月念五日　二十一回猛士」と書した録中に、松陰の死生観を濃厚に示している一節がある。

今日死を決するの安心は四時の順環に於て得る所あり。蓋し彼の禾稼《くわか》を見るに、春種し、夏苗し、秋苅り、冬蔵す。秋冬に至れば人皆其の歳功の成るを悦び、酒を造り醴《れい》を為《つく》り、村野歓声あり。未だ嘗て西成に臨んで歳功の終るを哀しむものを聞かず。吾れ行年三十、一事成ることなくして死して禾稼の未だ秀でず実らざるに似たれば惜しむべきに似たり。然れども義卿の身を以て云へば、是れ亦秀実の時なり、何ぞ必ずしも哀しまん。何となれば人寿は定りなし、禾稼の必ず四時を経る如きに非ず。十歳にして死する者は十歳中自ら四時あり。二十は自ら二十の四時あり。三十は自ら三十の四時あり。五十、百は自ら五十、百の四時あり。十歳を以て短しとするは蟪蛄《けいこ》をして霊椿《れいちん》たらしめんと欲するなり。百歳を以て長しとするは霊椿をして蟪蛄たらしめんと欲するなり。斉《ひと》しく命に達せずとす。義卿三十、四時已に備はる、亦秀で亦実る、其の秕《しいな》たると其の粟たると吾が知る所に非ず。若し同志の士其の微衷を憐み継紹の人あらば、乃ち後来の種子未だ絶えず、自ら禾稼の有年に恥ぢざるなり。同志其れ是れを考思せよ。

（『吉田松陰全集』第七巻）

稲のような禾本科《かほんか》植物には、春に種を播き、夏に苗代を作り、秋に刈り入れ、冬に貯蔵するという四時の循環がある。そこには実れば喜びがあり、収穫に臨んでその終りを哀しむ者はいない。人間も同様に、四時の実りがあり、しかも十歳には十歳の、二十歳には二十歳の、三十には三十の、五十、百には五十、百の四季がある。十歳で亡くなるのを短命だと惜しむのは、蟪蛄（命の短い夏の蟬）を長寿の椿たらしめようとするものであり、百歳を長寿と祝うのはその逆である。自分は三十だが、已に人生の四時が備わっている。我が人生で実ったのが枇杷《びわ》の実であるのか、あるいは粟であるのか、自分の知る所ではない。もし同志の士が自分の志を憐み、これを継ぐという人があるなら、その種子は後世まで絶えず、その年々に恥じることはないのだ、というのである。これが松陰の志であり、生命観であった。

これより以前、七月中旬、江戸在獄中の松陰に、高杉晋作が手紙に添えて筆を差し入れたことがある。死の一字についての問いで、その手紙に対する返書にはこうある。

唐筆一本、有難く拝受、すなはち相用ひ別紙認め上げ申し候。（中略）貴問に曰く、丈夫、死すべき所如何。僕去冬已来、死の一字大いに発明あり。李氏焚書の功多し。その説、はなはだ永く候へども約して云はば、死は好むべきにもあらず、また、悪《にく》むべきにもあらず、道尽き心安んずる、すなはちこれ死所。世に身生きて心死する者あり、身亡びて魂存する者あり。心死すれば生くるも益なきなり、魂存すれば亡ぶるも損なきなり。又一種大才略ある人、辱を忍びて事をなす妙。明の徐階が楊継盛を助けざるがごとし。また、一種私欲なく、私心なきもの、生を偸《ぬす》むも妨げず。文天祥、厓山に死せず、生を燕獄に偸む四年、これなり。死して不朽の見込みあらばいつでも死ぬべし。生きて大業の見込みあらばいつまでも生くべし。僕が所見にては生死は度外におきて、唯言ふべきを言ふのみ。

『留魂録』擱筆の二日後、安政六年（1859）十月二十七日、評定所に於て死罪を申し渡され、伝馬町の獄舎で、山田浅右衛門の一刀により斬首された。浅右衛門の回想によれば、松陰は従容として首の座に着いたということである。親兄弟へ送った「永訣の書」には、「親思ふこころにまさる親ごころけふの音づれ何ときくらん」と認められていた。

終章　涙は何を購うのか

柳田國男氏に「涕泣史談」と題する一文がある。「人間が泣くといふことの歴史」についての言及である。

「斯んな頓狂な問題を私が提出したのも、必ずしも閑人の睡気ざましとのみは言はれない。其わけは、是が最近五十年百年の社会生活に於て、非常に激変した一事項であり……」といっている。其の訣は、近年人が泣く場面に遭遇することが著しく減ってきたからで、殊に大人の泣く光景に出会わなくなって久しいというのである。曾て「泣く児は育つ」といわれたような俚《り》諺《げん》も、元禄頃には常識であったはずが、何十年後かにはそうではなくなったことの証拠として、赤穂浪士の一人である堀部安兵衛の妻が尼になってからの回想を、津村淙庵《そうあん》の『譚海《たんかい》』から引く。「この婦人は子持たずに終つたかと思はれるのに、やゝ珍しい育児の経験談がある。多分は人の話に同感をしたか、又は脇に居て観察をしたかであらう」と書いた後、「小児の泣くといふこと、制せずに泣かすがよし。其児成長して後、物いひ伸びらかになるもの也と、同じ尼の物語なり」とある。

また別の個所では、「人が手放しでワア〳〵泣くことを、さも悪徳なるかの如く言ひ出したのは、是も亦中世以後の変遷であらうと思つて居る。やたらに泣くことは勿論無反省であり、偉人豪傑は喜怒色に表はれずなどゝ、この自己検束の普通に超えて居る点を尊敬せられて居たが、しかし彼等とても大きな衝動があれば泣いて居た。まして常人は尚更の事で……是が綜括的に社交界から排斥せられたのは、寧ろ濫用の弊があつたからだとも見られる」とある。つまり、泣くことによって心中の想いを伝えることが余りにも効果的であったために、女や子供までこれを武器とするようになったので、これを受け取る方が過敏に反応してしまい、聞いているのに耐え得なくなったからだと、柳田翁はいうのである。

勿論これがすべての原因だといい切れる訣ではなく、言語生活の発達や人情の変遷、多様な社会的名誉感情、恥の観念の変容など様々な要素によるであろうことは疑いないことであるが、ともかく「泣く」ことが大いに称揚される時代でなくなったのは事実であろう。

本稿で取り上げた人物像も、柳田氏がいう「偉人豪傑」である。翁のいう「ワア〱泣く」の典型は、第一章で取り上げた須佐之男命である。「青山を枯山なす泣き枯らし、河海は悉に泣き乾しき」という激しさであった。これは神の所業というしかない泣き方である。

倭建命は、父である景行天皇から「形は則ち我が子にて、実は則ち神人」と評され、父君の愛情薄きを泣くのである。我が子に神を見る父天皇も、子である命の悲泣も、二つながら神人分離に引き裂かれた悲劇、ということであろう。

大伴家持は、家職の誇りと責任の重さに耐え、防人の悲しさを共に泣いた。在原業平と源三位頼政は、没落した血統の誇りを抱きつつ、不羈奔放な色好みに生きた。その最期は決定的に違うが、二人の恋の涙は真実でもあり、手管でもある。しかし二人とも、恋にのみ生きた訣ではない。業平が、小野の山里に隠棲した惟喬親王の境遇に涙したのは、紛れもない真実の涙であったし、頼政の辞世の歌には、涙に止まらぬ万感の思いが籠っている。

木曾義仲は恩人の非業の死に泣き、楠木正成と豊臣秀吉は我が子に対する希望と不安に泣いた。子に対する親の涙は二人に共通するが、対処の仕方は決定的に違う。正成は、嫡子正行を故郷の河内へ帰すについて庭訓を与えるが、その内容が凄まじい。「この合戦で自分は討死するだろうから、汝の顔を見るのも今日限りだ。自分が死ねば、世は足利尊氏の天下となろう。しかしそなたは命のあらんかぎり、一族を挙げて敵を迎え撃て。それが第一の孝行だ」と、涙ながらに諭すのである。

一方秀吉は、子である秀頼の行末安からんことを、一途に哀願するのみである。様々な涙に託されたものの重さの、受け止め方は人それぞれであろう。

そして吉田松陰は、徹底して歴史の回想と国の危機に流涕した。

こういう松陰の前にも後にも、慟哭し、非泣する、無数の、有名無名の志士たちがいた。これが「泣く男」の百態である。涙の種類を問えば、大きく分けて二つに絞られる。則ち人のために泣くか、己のために泣くかである。そして己の弱さのために泣くことを、それを克服することを願ったのが、「はしがき」に取り上げた、転んで泣く子の挿話である。

さて、涙が感情の解放だとすると、その正反対の立場は不感無覚ということになるのであろうか。十九世紀フランスの詩人シャルル・ボードレールの詩集『悪の華』に、「美」と題する詩があり、その一節に、「線を移して掻き擾《みだ》す物の動きを憎むわれ、而してわれは、永久《とこしへ》に、いかなる時も、哭《な》かず、笑はず」（斎藤磯雄訳）とある。

「いかなる時も、哭かず、笑はず」という人生への態度は、これをストイシズムといってしまえばそれで済むようなものだが、ダンディズムの信奉者であるボードレールは、ストイシズムとダンディズムが盾の両面であることを十分に承知していた。感情の発露を完全に封じ込めて冷厳と立っていられるのは大理石の彫像ならともかく、生命ある人間には殆ど不可能であろう。スパルタで狐を盗んだ少年が、マントの下に隠した狐に腹を嚙まれたが声を発せず、ついに死んだという話も、ストイシズムの典型として世に知られるが、それならストイシズムとは人間の持つ死に至る病の一つということになるのではないか。

泣くも人間、笑うも人間、ストイシズムを気取るも人間。……人間の感情というものは、かくの如く多様である。

涙が何を購うのか。その答は、すでに読者諸賢の胸中に存在するのではなかろうか。

あとがき

「泣く男」の百態を辿ることによって、日本文化のある一面が見えてくるのではないか。これが本稿の出発点である。その執筆態度についていえば、先人の思索と実践の祖述と追体験によって、新面目を開くにあったが、その本願が達成できたかどうか甚だ心もとない。しかしともあれ脱稿したことについては満足している。

半世紀余の以前だが、大学の史学科に籍を置いていた時、「日本文化史」の授業だったか、「史学研究法」の講義であったか、本来歴史学の用語である「精神史《ガイステス・ゲシヒテ》」というべき所を「文化史」と言い換えざるを得なかった敗戦の「後遺症」について話があった。日本の「精神史」を「日本精神史」ということができず、「日本文化史」といわざるを得なかったのは、戦中の「日本精神」鼓吹の後遺症だったというのである。

本稿も、その「日本精神史」に関する小さな挑戦である。前著『婆娑羅大名　佐々木道誉』に続いて吉地真氏に御世話になった。根気よく、そして的確な批評を惜しまれなかった氏に感謝する。一例を挙げれば、もともと副題には別の思案があったが、編輯子は、読者に対する訴求力が弱いと判断した。確かに「系譜」という語には、筆者の選択になる人物像の連なりがある。それが筆者の人間観を表しているとの指摘は、慧眼というしかないのである。元来読書という行為は、その時〻の興味関心によって選択されるものである。その放恣な選択の結果、知の集積があたかも蜘蛛が巣を張りめぐらすように実った時に、その人独自の見識が姿を現すはずである。筆者にとっての蜘蛛の巣の完成が山のあなたにあることだけは実感しているのだが、本稿がいささかでも巣の完成に向って短い糸でも張れていれば、老軀を一歩前に進める励みにはなるのである。

令和五年夏

著者誌す

参考文献

古文真宝前集下　後集　明治書院　昭和五十四年
啓発録　橋本左内　講談社学術文庫　昭和五十七年
古事記伝　本居宣長　本居宣長全集第九、第十一巻　筑摩書房　昭和四十三年
古事記・祝詞　日本古典文学大系1　岩波書店　昭和四十八年
日本書紀上　日本古典文学大系67　岩波書店　昭和四十一年
哭泣の倫理　蓮田善明　蓮田善明全集　島津書房　平成元年
出雲国風土記の研究　田中卓著作集8　国書刊行会　昭和六十三年
史記二　吉田賢抗　新釈漢文大系39　明治書院　昭和四十八年
戴冠詩人の御一人者　保田與重郎　保田與重郎全集第五巻　講談社　昭和六十一年
ヤマトタケル　吉井巖　学生社　昭和五十二年
日本文学小史　三島由紀夫　講談社　昭和四十七年
五衰の人　徳岡孝夫　文春学藝ライブラリー　平成二十七年
吉野の鮎　高木市之助　岩波書店　昭和四十九年
萬葉集古義全九巻　鹿持雅澄　国書刊行会　大正二年
読万葉集古義　赤松景福　昭森社　昭和二十一年
評釈大伴家持全集　小泉苳三　修文館　大正十五年
万葉集全四巻　日本古典文学大系4〜7　岩波書店　昭和三十二〜三十七年
萬葉集の精神　保田與重郎　保田與重郎全集第十五巻　講談社　昭和六十二年
枕草子下　清少納言　新潮日本古典集成　昭和六十年

和漢朗詠集　藤原公任　新潮日本古典集成　昭和五十八年
李長吉歌詩集下　鈴木虎雄 注解　岩波文庫　昭和六十二年
与謝蕪村　安東次男　講談社学術文庫　平成三年
大伴家持　藤井一二　中公新書　平成二十九年
日本古代衛府制度の研究　笹山晴生　東京大学出版会　昭和六十年
古代国家と軍隊　笹山晴生　中公新書　昭和五十年
続紀歴朝詔詞解　本居宣長　本居宣長全集第七巻　筑摩書房　昭和四十六年
伊勢物語　新潮日本古典集成　昭和五十八年
評釈業平全集　飯田季治　如山堂　明治四十年
在原業平・小野小町　目崎徳衛　日本詩人選6　筑摩書房　昭和五十八年
在原業平　今井源衛　王朝の歌人3　集英社　昭和六十年
王朝史の軌跡　角田文衛　学燈社　昭和五十八年
王朝の残映　角田文衛　東京堂出版　平成四年
伊勢物語の時代　三谷榮一　一冊の講座伊勢物語　有精堂出版　昭和五十六年
古今和歌集　新潮日本古典集成　昭和五十三年
大鏡　新潮日本古典集成　新潮社　平成元年
頼政集　新編国歌大観第三巻　角川書店　昭和六十年
源三位頼政　川田順　春秋社　昭和三十三年
小林秀雄全集第十三巻　人間の建設　新潮社　平成十三年
平家物語上中下　新潮日本古典集成　昭和五十四、五十五、五十六年
保元物語　平治物語　承久記　新日本古典文学大系43　岩波書店　昭和四十一年

吾妻鏡　岩波文庫　平成二十年
平安時代文学と白氏文集　金子彦二郎　培風館　昭和三十年
いちはやきみやび　清水文雄　和泉式部研究　笠間書院　昭和六十二年
王朝の風流　遠藤嘉基　「文藝文化」　昭和十五年
王朝美的語詞の研究　犬塚旦　笠間書院　昭和四十八年
与謝野鉄幹／与謝野晶子　新学社近代浪漫派文庫　平成十八年
古今著聞集上　新潮日本古典集成　昭和五十八年
木曾冠者　保田與重郎　保田與重郎全集第四巻　講談社　昭和六十一年
木曽義仲　畠山次郎　銀河書房　昭和五十六年
源平盛衰記上下　有朋堂文庫　大正六年
武士道の歴史全三巻　高橋富雄　新人物往来社　昭和六十一年
おくのほそ道　松尾芭蕉　岩波文庫　平成二十五年
芭蕉全発句　山本健吉　講談社学術文庫　平成二十四年
評伝アンドレ・マルロオ　村松剛　中公文庫　平成元年
楠木正成　植村清二　中公文庫　平成元年
楠木正成—美しく生きた日本の武将　森田康之助　新人物往来社　平成二年
太平記一〜三　日本古典文学大系34〜36　岩波書店　昭和四十九年
太平記人名索引　大隅和雄編　北海道大学図書刊行会　昭和四十九年
太平記の時代　新田一郎　日本の歴史11　講談社学術文庫　平成二十一年
太平記の世界—列島の内乱史　佐藤和彦　吉川弘文館　平成二十七年
太平記を読む　市沢哲編　吉川弘文館　平成二十年

中世的世界とは何だろうか　網野善彦　朝日選書　平成八年
図説太平記の時代　佐藤和彦編　河出書房新社　平成二年
南朝研究の最前線―ここまでわかった「建武政権」から後南朝まで　呉座勇一編　洋泉社歴史新書　平成二十八年
南朝の研究　中村直勝　中村直勝著作集第三巻　淡交社　昭和五十三年
南朝の真実―忠臣という幻想　亀田俊和　吉川弘文館　平成二十六年
南北朝の動乱　日本の歴史9　佐藤進一　中公文庫　昭和六十年
梅松論　群書類従巻第三百七十一　続群書類従完成会　昭和三十四年
湊川神社史　祭神篇　森田康之助　湊川神社社務所　昭和五十九年
日本の詩歌別巻　中央公論社　昭和四十三年
太閤記　新日本古典文学大系60　岩波書店　平成八年
太閤秀吉の手紙　桑田忠親　角川文庫　昭和四十年
日本のルネサンス上下　草月文化フォーラム編　柏書房　平成二年
織豊政権と江戸幕府　池上裕子　日本の歴史15　講談社　平成十四年
天皇と天下人　藤井讓治　天皇の歴史5　講談社　平成二十三年
織田信長・豊臣秀吉の刀剣と甲冑　飯田意天　宮帯出版社　平成二十五年
吉田松陰全集全十二巻　別巻　マツノ書店　平成十三年
吉田松陰　奈良本辰也　岩波新書　昭和四十一年
吉田松陰　河上徹太郎　文藝春秋　昭和四十四年
幕末―非命の維新者　村上一郎　角川文庫　昭和五十年
志士たちの詩　嶋岡晨　講談社現代新書　昭和五十四年
ひとすじの蛍火―吉田松陰　人とことば　関厚夫　文春新書　平成十九年

高杉晋作全集上下　堀哲三郎編　新人物往来社　昭和四十九年
高杉晋作　奈良本辰也　中公新書　昭和四十年
涕泣史談　柳田國男　柳田國夫全集第七巻　筑摩書房　昭和四十七年
ボオドレエル研究　斎藤磯雄　東京創元社　昭和四十六年
ボオドレエル全詩集　悪の華　巴里の憂鬱　斎藤磯雄訳　東京創元社　昭和五十四年

寺田英視（てらだ・ひでみ）

昭和二十三年大阪府生まれ。上智大学文学部史学科卒。文藝春秋にて編輯業務に携わる。平成二十六年退社。在学中から武道に親しみ、現在和道流空手道連盟副会長、範士師範。著書に『婆娑羅大名　佐々木道誉』（文春新書）。

泣《な》く男《おとこ》　古典《こてん》に見《み》る「男泣《おとこな》き」の系譜《けいふ》

二〇二三年九月三十日　第一刷発行

著　者　寺田《てらだ》英視《ひでみ》

発行者　大松芳男

発行所　株式会社　文藝春秋
〒一〇二－八〇〇八
東京都千代田区紀尾井町三－二三
☎〇三－三二六五－一二一一（代表）

印　刷　所　図書印刷

付物印刷所　図書印刷

製　本　所　図書印刷

　ISBN978-4-16-391722-1